DANGELA

Rizzoli

Massimo Carlotto
Giancarlo De Cataldo
Maurizio de Giovanni

Sbirre

Rizzoli

Pubblicato per

Rizzoli

da Mondadori Libri S.p.A.

Senza sapere quando: Published by arrangement with
S&P Literary – Agenzia Letteraria Sosia & Pistoia
Sara che aspetta: Published by arrangement with
The Italian Literary Agency

ISBN 978-88-17-10159-2

Prima edizione: giugno 2018

Sbirre

Massimo Carlotto

Senza sapere quando

Anna arrivava sempre per prima. Voleva prendersi il tempo di un bagno caldo, per avere la mente libera da pensieri e preoccupazioni, quando lui avrebbe aperto la porta. Una volta ogni tre settimane saltava nel vuoto con quell'uomo che le si era conficcato nella mente e nel ventre. L'amore non c'entrava nulla. Lei lo riservava con qualche perplessità al marito, che la credeva al lavoro.

Non erano solo amanti: erano complici. Anche nel sesso. Scopavano e bevevano. Bevevano e scopavano fino a stordirsi. Poi per ventuno giorni filati non sentivano il bisogno di parlarsi, vedersi, sfiorarsi. Era sempre stato così, fin dall'inizio, fin da quando lei lo aveva baciato a tradimento. Aveva voglia di un uomo e quello che l'aveva condotta all'altare non era a portata di mano. Ma, soprattutto, aveva smesso di essere un compagno di letto interessante.

Lui l'aveva guardata e aveva sorriso. «Sei sicura che sia una buona idea?» aveva chiesto con quell'inconfondibile parlata del confine.

Lei non aveva dato peso alla domanda. Era troppo tardi per fermarsi a riflettere. In fondo era solo un passo in più nella direzione che aveva imboccato, deviando dalla strada maestra senza porsi troppi problemi. Un'esistenza normale, noiosa e insoddisfacente sotto tutti i punti di vista: poi era capitata l'occasione, la tentazione irresistibile, e aveva saltato il fosso scoprendo l'eccesso in ogni sua forma, e la possibilità di trasgredire grazie alla doppia vita che si era creata. Preferiva di gran lunga quella più laterale e nascosta: l'altra la sopportava a fatica ma non lo dava a vedere. Sembrava la brava ragazza di sempre, che aveva imparato a rinunciare ai sogni e ad accontentarsi della mediocrità.

Lui non poteva capire. Nessuno poteva. Per questo Anna non aveva risposto e gli aveva appoggiato il palmo della mano sul cavallo dei pantaloni. «Scopi bene, Zeno?»

Zeno Degrassi aveva annuito serio, e da bravo maschietto si era dato da fare. Non era per niente male, anche se difettava di quel pizzico di fantasia che le donne sperano, spesso inutilmente, di trovare. In ogni caso, meglio non le sarebbe potuta andare, perché con lui, visti i segreti che condividevano, non correva il rischio che si vantasse in giro di essersi portato a letto Anna Santarossa.

Spostò la tenda e sbirciò all'esterno. Nel parcheggio c'erano solo una decina di auto, e l'unico lampione non riusciva a imporsi sul buio dell'inverno. Le montagne erano lì, a due passi, ma non si vedevano. E nemmeno le frontiere: da una parte l'Austria, dall'altra la Slovenia.

La statale era deserta a quell'ora, eppure non era così tardi. I pochi viaggiatori si erano già rintanati al caldo negli alberghi dei paesi o nei motel disseminati lungo la strada.

Loro si incontravano sempre nella stessa stanza della pensione Mangart: lo stesso nome della cima che si poteva ammirare volgendo lo sguardo verso est.

L'aveva scelta lei. Doriana, la proprietaria, le doveva un favore e la ripagava con la discrezione. Il marito giocava, sperperava i soldi in modo patologico e una volta si era infognato con certi strozzini che avevano promesso di spaccargli le ossa. Anna aveva sistemato le cose: in cambio, lei e Zeno potevano prendersi la solita camera quando volevano, senza che i loro dati venissero registrati e comunicati alla polizia. Possedevano entrambi le chiavi dell'albergo, anche quella della porta di servizio. Due fantasmi che sparivano poco prima che venisse servita la colazione.

Quella notte Zeno arrivò in anticipo, quando lei non era ancora pronta. Anna indossava l'accappatoio, e non il négligé in pizzo e tulle che aveva acquistato per l'occasione. Lui notò il suo disappunto e si giustificò. «Avevano fretta e ci siamo sbrigati prima. Stavolta era un furgone, sembrava bello carico» disse, prendendo una busta dalla tasca interna del piumino.

Era spessa. Diecimila euro in banconote da cinquanta. Li contò e li divise. Anna allungò la mano e mise la sua parte nella borsa mentre l'uomo si liberava della fondina con la pistola e l'appoggiava sul tavolo insieme ai soldi e al distintivo.

Continuò a spogliarsi fino a restare nudo.

Lei si avvicinò e con gesti sicuri gli iniettò della papaverina nel cazzo. I loro incontri clandestini non ammettevano prestazioni deludenti o cedimenti imbarazzanti. Poi spense la luce.

La riaccese più tardi per stappare una bottiglia di rosso. La scolarono fumando e parlando. Zeno aveva una voce bassa, calda, che poco si addiceva ai modi così spicci e rozzi. Scoparono ancora prima di riempirsi i bicchieri con altro vino.

Quando suonò la sveglia del cellulare, lui era già sotto la doccia. Avevano dormito meno di due ore, la testa e lo stomaco sembravano due campi di battaglia.

Anna si alzò e mandò giù con una lunga sorsata d'acqua le pastiglie che aveva preparato. Era una donna previdente. Calcolava sempre tutto.

Tornò a letto e guardò Zeno rivestirsi in silenzio. Poi l'uomo uscì dalla camera assicurandosi che il corridoio fosse vuoto. L'aveva salutata con un mezzo sorriso stanco. Ventuno giorni esatti e si sarebbero rivisti.

Più tardi, mentre si truccava con cura per mascherare le occhiaie, Anna pensò a come usare quei soldi. La maggior parte sarebbe servita per il futuro, quando avrebbe detto addio a tutti per trasferirsi all'altro capo del mondo e cominciare una nuova vita che non era ancora riuscita a immaginare: un regalino, però, se lo concedeva sempre. Niente di vistoso, perché la gente nota certi particolari e inizia subito ad arrovellarsi nel tentativo di capire la provenienza del denaro. Alla fine optò per una cintura. Quella che indossava ormai si era rovinata a forza di agganciarvi fondina e distintivo.

Il tragitto non era breve ma riuscì ad arrivare puntuale in questura. Un altro caffè e un po' di chiacchiere con i colleghi, prima di rintanarsi nel suo ufficio. Avrebbe voluto allungare le gambe sulla scrivania e chiudere gli occhi per qualche minuto. L'agente scelto Corinna Salvalaggio, però, arrivò come sempre carica di scartoffie.

«Ho provato a chiamarla ieri notte, dottoressa, ma il suo cellulare risultava irraggiungibile» disse in tono piatto. «Volevo avvertirla che l'operazione ha avuto successo.»

«Hai ragione, ma ho una vita anch'io» ribatté Anna con lo stesso tono, «e avevo da festeggiare insieme a mio marito.» Con un sorriso malizioso infilò la mano nella borsa e tirò fuori un lembo del négligé che non aveva neppure indossato. «Dovrei cambiarlo, mi va un po' stretto.»

La sottoposta annuì, con aria imbarazzata. Anna avrebbe potuto evitare quella falsa confidenza e ricorrere alla gerarchia per trincerarsi nel silenzio, ma riteneva più importante convincere l'altra di essere una donna del tutto normale, inoffensiva, ligia al dovere al punto giusto. Una di quelle che non possono certo destare sospetti se per una volta non rispondono al cellulare.

Infatti la Salvalaggio cambiò discorso. «Comunque li abbiamo presi» annunciò trionfante. «La soffiata che aveva ricevuto era giusta, e i due bangla nascondevano l'eroina nel vano motore.»

«Dove sono stati arrestati?»

«Al valico di Coccau. Il personale è intervenuto quando si sono fermati a Camporosso per fare benzina, fingendo che si trattasse di un controllo casuale.»

«Quanta roba trasportavano?»

La Salvalaggio alzò le spalle. «Poco meno di mezzo chilo.»

Anna sorrise. «Accontentiamoci: una conferenza stampa ci scappa comunque, il questore sarà soddisfatto e il ministero anche.»

L'agente scelto annuì. «L'ha cercata il maggiore Rampoldi. L'Arma ha in programma una vasta operazione di controllo tra le province di Gorizia e Udine e vuole coordinare la distribuzione dei posti di blocco.»

«D'accordo, ora lo chiamo.»

Anna si prese del tempo per riflettere. Lo considerava necessario: dopo aver intascato la sua parte, verificava a posteriori ogni singolo passaggio. Il piano aveva funzionato. Come sempre, del resto. Il segreto era l'esattezza delle informazioni. Lei aveva accesso alla mappa dei controlli dell'intera regione, ed era in grado di fornire al "cliente" un percorso sicuro. Il tramite era il sovrintendente capo Zeno Degrassi. Il committente, la mafia bulgara. Ogni tre settimane pagavano diecimila euro per attraversare senza problemi il confine nelle due direzioni. Armi, stupefacenti, latitanti, puttane, ma soprattutto soldi. Sacchi di euro che lasciavano l'Italia diretti in Romania, e valute varie da riciclare che percorrevano il tragitto inverso.

Per stare tranquilli e tenere occupati i colleghi era sempre consigliabile trovare degli sfigati sacrificabili. A questo provvedeva Zeno, che era nato e cresciuto in quella zona di frontiera, e conosceva chiunque. Era così corrotto che diverse bande si rivolgevano a lui per non avere rogne. Gli altri sbirri sospettavano del sovrintendente ormai da un bel pezzo, ma lui non era mai stato trasferito perché i grandi capi erano soddisfatti dei risultati che portava a casa. Arresti e confische. Zeno Degrassi sapeva il fatto suo. In realtà, colpiva solo quelli che erano fuori dai giochi grossi: gli sfigati, appunto.

Buona parte delle soffiate le riceveva dalla concorrenza, dalle organizzazioni già radicate sul territorio, che non volevano dividere gli affari con i nuovi arrivati. Come era accaduto ai due bangla, fermati mentre un furgone dei bulgari transitava lungo un percorso garantito.

Cercare Zeno era stato un colpo da maestri. Lui aveva accettato senza batter ciglio, e gestiva di persona i contatti con i mafiosi di Sofia. Lei si occupava solo di fornire le dritte giuste, restando nell'ombra. Del resto, non tutti sono bravi a sporcarsi le mani. Il vicequestore Anna Santarossa si era ricavata il ruolo del funzionario che pianifica dietro le quinte perché non era mai riuscita a distinguersi in altri modi. In strada non sapeva muoversi, e la pistola la portava solo per vezzo. Era entrata in polizia perché temeva che la professione di avvocato fosse monotona e priva di emozioni, ma ben presto si era resa conto di essere sprovvista di quel guizzo, quella marcia in più che ti aiuta a bruciare le tappe della carriera.

Comunque, Anna piaceva tanto ai sottoposti quanto ai superiori. Era diligente, corretta, colta e gentile. Anche gli ufficiali degli altri corpi preferivano relazionarsi con lei. Forse perché era una bella donna con un bel sorriso: un particolare che non guastava, anzi.

Finalmente si decise a chiamare il maggiore. Ma non aveva ancora terminato i convenevoli, che la porta si aprì con violenza e la Salvalaggio irruppe di nuovo nella stanza, terrea in volto. Appoggiò entrambe le mani sulla scrivania. «Hanno ammazzato un collega nelle campagne di Cormons.»

Anna liquidò il suo interlocutore in una manciata di secondi. «Chi era?» chiese.

«Non è dei nostri. Era un sovrintendente capo in servizio alla frontiera. Si chiamava Zeno Degrassi. La sua auto è stata trovata nel cortile di una cascina abbandonata da un contadino che stava andando a tagliare legna.»

Anna dovette aggrapparsi a quattro anni di menzogne per evitare di cacciare un urlo. Lasciò che lo shock le gelasse il sangue nelle vene, senza nasconderlo: d'altronde era morto un poliziotto.

Dopo un lungo attimo di smarrimento, riuscì ad alzarsi, a recuperare borsa e cappotto e a dirigersi verso la porta con le gambe malferme, che rischiavano di cedere. «Vieni con me» balbettò all'agente. «Andiamo a vedere che cazzo è successo.»

L'auto di servizio puzzava di sudore e sigarette. Corinna Salvalaggio continuò a parlare e lamentarsi dei colleghi che sporcavano e non pulivano. Cianciava per scaricare la tensione, e Anna le era grata per questo. Stare in silenzio le permetteva di pensare, cosa di cui aveva un maledetto bisogno. Al momento non era addolorata per la morte violenta di Zeno: per il lutto ci sarebbe stato tempo. Era in preda al panico più totale, terrorizzata dalla possibilità che il delitto fosse legato ai loro affari, e che per lei si aprissero le porte della galera. Una prospettiva che fino ad allora era rimasta relegata in un angolo della mente, alla stregua di una eventualità molto vaga, se non del tutto teorica. Si era creduta brava e attenta: forse si era sbagliata.

Zeno non diceva mai dove andava. Usciva dalla camera della pensione Mangart stordito dal sonno, dal vino e dal sesso, senza proferire parola. E a lei era sempre importato poco che la informasse sui suoi movimenti, ma quella mattina avrebbe dato un braccio per conoscere il motivo che lo aveva spinto fino a Cormons, a centocinquanta chilometri dal confine dove prestava servizio. E dove viveva.

Il viaggio durò una ventina di minuti. Il luogo pullulava di poliziotti. I carabinieri del paese se ne stavano da parte, limitandosi a tenere distanti i curiosi e i giornalisti.

Il vicequestore Santarossa venne accolta da Siclari, un ispettore della Omicidi vicino alla pensione, che la condusse al vecchio fuoristrada di Zeno. Il personale della Scientifica con le tute bianche e il medico legale erano al lavoro, sotto gli sguardi di un capannello di poliziotti in borghese e in divisa.

Attraverso i finestrini, Anna scorse la testa dell'amante appoggiata al volante. Il parabrezza era coperto di schizzi di sangue rappreso.

Il primo a notarla fu il commissario Bonisoli. «Gli hanno tagliato la gola» disse. «L'assassino doveva sedere dietro. Un altro davanti, sul sedile del passeggero, probabilmente gli ha afferrato i polsi e gli ha impedito di difendersi. La pistola è rimasta nella fondina.»

«Lo conoscevi?» chiese Anna.

Bonisoli era a disagio. «Sì, mi è capitato di incrociarlo diverse volte. Aveva una pessima reputazione, e la sua morte sembra confermarla.»

«Che intendi?»

«Nella tasca del piumino aveva una busta con cinquemila euro.»

Anna portò d'istinto la mano alla borsa che custodiva la stessa identica cifra. «Forse sono stati proprio gli assassini a lasciarli, per depistarci.»

Il poliziotto si girò a guardarla. «Spero che tu abbia ragione, anche se mi sembra un'ipotesi piuttosto azzardata. Comunque il delitto è opera di professionisti: lo hanno ammazzato e hanno ripulito tutto. La Scientifica si sta dannando per trovare una minima traccia.» Prese un pacchetto di caramelle e lo offrì alla collega. «Ho smesso di fumare» spiegò.

«Che altro sappiamo?»

«Che ha smontato verso le 18.30. Alla moglie invece aveva detto che era di servizio anche la notte.»

«Ha mentito» constatò Anna, per indurlo a continuare.

«Per andare a un appuntamento con i suoi assassini» borbottò Bonisoli. Poi indicò un'auto che stava entrando nella corte. «Ecco il pubblico ministero.»

Quello sbagliato, pensò Anna con un pizzico di preoccupazione in più.

Antonio Salvador era un ottimo inquirente: scrupoloso, corretto e infaticabile. Non avrebbe lasciato nulla al caso, tanto più considerando che le indagini riguardavano l'omicidio di uno sbirro.

Fece appena in tempo a salutarlo che ricevette una telefonata dal questore. «Devi tornare, Anna» ordinò. «Stanno arrivando i colleghi di Tarvisio con la moglie del sovrintendente Degrassi, e voglio che sia tu a riceverla. Sei la persona più adatta.» Interruppe la chiamata senza lasciarle il tempo di ribattere che invece era la persona più sbagliata per rifilare le solite banalità alla vedova distrutta dell'uomo che era stato suo amante e complice.

Anna rimase a osservare gli altri poliziotti che si sforzavano di seguire le procedure col massimo rigore. Si chiese se Zeno fosse stato eliminato dai bulgari. Magari non erano soddisfatti delle informazioni, oppure era accaduto qualcosa che aveva reso necessario quell'omicidio. Era stata previdente a evitare ogni contatto con quei mafiosi.

Anche se i colpevoli fossero stati altri, Anna sentiva che quello poteva essere comunque l'inizio della fine. Quando vendi informazioni riservate e scopi con un uomo per quattro anni, qualche traccia la lasci sempre. Magari avrebbe avuto fortuna e gli assassini non sarebbero mai stati identificati. Un caso insoluto, uno in più, da dimenticare in fretta.

Notò che il magistrato confabulava fitto con Bonisoli e per un attimo si sentì perduta. Poi la razionalità ebbe la meglio. Bisognava solo aspettare. Aveva messo da parte una piccola fortuna in contanti, ma non l'avrebbe usata per sottrarsi all'arresto. Non avrebbe saputo dove andare. Il vicequestore Anna Santarossa era una donna tranquilla, con un'esistenza normale. L'altra, quella segreta dedita agli eccessi, non contemplava la fuga.

Cedette per pochi istanti alla tentazione di pensare a Pietro, il marito. Non si sarebbe più ripreso. Dopo un po' si sarebbe trasferito in un'altra città, e col tempo avrebbe interrotto le visite in carcere. E avrebbe cercato e trovato un'altra donna. Era incapace di vivere da solo.

Anna sospirò. Era sempre stata abituata ad avere il pieno controllo delle situazioni, ma ora l'incertezza avrebbe dominato le sue giornate. Girò sui tacchi e si avviò verso l'auto.

Tornando in questura, l'agente Salvalaggio si sentì in dovere di darle consigli su come trattare la vedova.

«Cos'hai saputo?» la interruppe il vicequestore. «Ti ho vista parlare con diversi colleghi.»

«Chiacchiere, pettegolezzi, nulla di importante» rispose Corinna imbarazzata.

«Così non mi aiuti.»

«Pare che a Degrassi piacessero i soldi e le donne. Che fosse un puttaniere corrotto, insomma. E che sia stato ammazzato da qualche banda a cui aveva tirato una fregatura» disse d'un fiato.

«Un puttaniere» masticò tra i denti Anna. Non si era mai chiesta se Zeno frequentasse altre donne, perché era sempre stata certa di essere la sua unica amante. Si rese conto in quel momento di conoscere in realtà ben pochi dettagli della vita dell'uomo con cui aveva fatto sesso per tutta la notte e aveva diviso le mazzette dei bulgari.

Un paio d'ore più tardi, la Salvalaggio introdusse la moglie di Zeno nell'ufficio del vicequestore Santarossa, che si alzò di scatto e si precipitò a riceverla, afferrandole una mano con un gesto studiato. «Mi dispiace» mormorò.

La vedova annuì. Nonostante il volto devastato dal dolore e dal pianto, Anna rimase sorpresa dalla sua bellezza. Lineamenti delicati, pelle di porcellana, occhi di un azzurro intenso.

«Mi chiamo Aleksandra» si presentò con voce ferma.

Lei lo sapeva già. Aveva frugato nelle note personali del sovrintendente capo Degrassi prima ancora di conoscerlo. Aleksandra Droic, maestra elementare, nata dall'altra parte del confine, a Plezzo in Slovenia. Lei e Zeno erano sposati da dodici anni e avevano due figli maschi di undici e di nove.

La donna si sedette e attese che l'agente Salvalaggio si chiudesse la porta alle spalle prima di aprire bocca: «Ho dovuto insistere con i colleghi di mio marito per essere accompagnata qui. Avrei potuto venire da sola, ma volevo essere sicura che mi ricevesse un funzionario in grado di comprendere la situazione».

Anna cercò di rassicurarla: «Sono stata incaricata dal questore in persona, e sono a sua disposizione per qualsiasi esigenza».

«Non ne ho. So come funziona: quando sarà il momento, riporterò Zeno a casa, e io e i miei figli lo seppelliremo.»

«Allora come posso esserle utile?»

«Sono a conoscenza delle voci che corrono su di lui. Ne parlavamo spesso: non si era mai abituato all'idea di essere considerato un corrotto. Era amareggiato, ma tirava dritto per la sua strada perché alla frontiera le cose filano in modo diverso.»

«Capisco.»

«No, lei non può capire. Sono nata e cresciuta in una famiglia di contrabbandieri sloveni, e ho sempre avuto chiara la distinzione tra giusto e sbagliato. Un uomo onesto lo riconosco a pelle: Zeno era il migliore di tutti.»

«Non ho elementi a disposizione per sostenere il contrario» mentì Anna. «Ma non comprendo dove vuole arrivare.»

«Sono venuta a diffidarvi dal gettare fango su mio marito. Trovate gli assassini e sbatteteli in galera, ma tutelate la sua memoria di bravo poliziotto.»

Anna la fissò. Era esterrefatta da quell'impudenza, ma doveva ammettere che una simile difesa a oltranza poteva tornare utile anche a lei. «La polizia di Stato non ha nessun interesse a calunniarlo» osservò pacata. «L'indagine sarà particolarmente accurata e il pubblico ministero, il dottor Salvador, è noto per la sua onestà. Invece di diffidarci, dovrebbe accettare il fatto che, per noi, la priorità è consegnare alla giustizia i colpevoli e assicurarci che vengano puniti come meritano.»

«La smetta di imbottirmi di chiacchiere. Sono certa che ha capito, ma voglio essere ancora più chiara: non provate a nascondervi dietro la storiella che Zeno in fondo se l'è andata a cercare.»

A quel punto la domanda era d'obbligo: «Altrimenti?».

Aleksandra esibì un sorriso forzato. E volutamente fasullo. «Stia tranquilla, non so nulla di compromettente, ma difenderò comunque mio marito a ogni costo.»

Anna recepì il messaggio e cambiò discorso. «Doveva amarlo moltissimo» disse con rispetto e ammirazione.

«E continuerò fino alla fine dei miei giorni.»

Si fissarono per un lungo istante, poi Aleksandra decise che il colloquio era terminato. Sulla porta cambiò idea e aggiunse: «Zeno non era un uomo facile e aveva un modo tutto suo di stare al mondo. Qualche volta mi ha fatto preoccupare, anche soffrire, ma sopra ogni cosa c'era la sua famiglia ed era fiero di essere uno sbirro».

Anna era impressionata dalla forza e dalla dignità della Droic. Non riusciva però a immaginare Zeno al suo fianco. L'uomo che lei aveva conosciuto era di ben altra pasta. Fantasticò sulla coppia nell'intimità. Con lei Zeno si lasciava andare, la baciava con quella bocca che sapeva di alcol e sigarette prima di scivolare tra le sue cosce. Aleksandra non dava l'idea di essere così passionale. Sembrava misurata in tutto. Eppure l'amore per il marito era profondo e sincero. E sarebbe durato nel tempo, almeno fino a quando non si sarebbe dovuta arrendere all'evidenza che Zeno era davvero corrotto.

Anna ritornò sul luogo del delitto. Da sola, questa volta. Il corpo era già stato rimosso e portato all'Istituto di medicina legale per l'autopsia. Ma i poliziotti erano ancora lì, parlavano sottovoce, circondati dai giornalisti e dai curiosi.

«Novità?» chiese a Bonisoli.

«Degrassi è uscito al casello di Udine verso le otto del mattino. Poi ha evitato tutte le telecamere, è arrivato qui attraverso strade secondarie. I colleghi di Tarvisio stanno cercando di scoprire dove ha trascorso la notte.»

Anna sentì un brivido lungo la spina dorsale. Doriana, la proprietaria della pensione Mangart, non avrebbe dovuto rappresentare un problema. Non le conveniva tradirla ed era difficile che conoscesse l'identità del suo amante. Non poteva esserne certa ma non poteva fare nulla. Mettersi in contatto con Doriana per esercitare pressioni sarebbe stato un errore.

«Altro?»

Il commissario indicò un tratto sterrato a una cinquantina di metri. «Abbiamo le impronte di due persone che hanno percorso a piedi la distanza tra il SUV di Degrassi e un altro mezzo parcheggiato laggiù.»

«Allora è confermata la presenza di due killer.»

«E con buone probabilità c'era un terzo complice, che è venuto a prelevarli.» Bonisoli si girò a guardarla. «So che hai incontrato la moglie.»

Anna annuì. «Sono venuta a parlarti proprio di questo.»

Il commissario si fece più attento. Forse sperava in qualche indizio utile.

«Ci ha diffidato: ha promesso fuoco e fiamme se diventano pubbliche le voci che il marito fosse corrotto» spiegò la Santarossa.

Il collega non trattenne un gesto di stizza. «E i cinquemila euro che gli abbiamo trovato addosso? Il pubblico ministero ha già ordinato un'indagine accurata sui conti correnti. Se non si trova una spiegazione, la notizia arriverà alla stampa.»

«Ti serve una mano?» domandò Anna, nella speranza di essere coinvolta e poter avere il controllo della situazione.

Bonisoli scosse la testa. «Salvador ha lasciato intendere che si avvarrà dei suoi collaboratori. Noi serviremo solo da manovalanza. Non devo spiegarti che significa.»

«Che sta andando a caccia di sbirri corrotti.»

«E il giudice non è tipo da restare a mani vuote» concluse il commissario.

Riuscì a rincasare solo all'ora di cena.

Pietro era già ai fornelli. Gli piaceva cucinare, appena tornava dallo studio dopo aver trapanato l'ultimo molare si infilava un lungo grembiule da chef. Era il suo modo di rilassarsi. «Hai l'aria stanca» osservò, offrendole un calice di vino bianco. «Immagino sarai stata coinvolta nell'omicidio di quel poliziotto...»

«Una brutta faccenda» ribatté Anna, curiosando tra le pentole. Salsicce al latte e polenta. Un classico nel repertorio culinario della suocera. Pietro sembrava conoscere solo le ricette ipercaloriche della mamma. Poteva permetterselo, dato che era in perfetta forma, mantenuta grazie a una continua frequentazione di palestre e campi da tennis.

Lei invece era un po' «rotondetta sui fianchi», come diceva Zeno. Al suo amante piaceva contemplare il suo corpo nudo mentre bevevano e passare l'indice con lentezza lungo le curve. Il marito invece l'avrebbe preferita più magra e non perdeva occasione per ricordarglielo, ma anche lui continuava a provare un certo piacere nel guardarla nuda. Pietro l'amava sul serio. Investiva tutto se stesso nel matrimonio, anche dopo aver appurato con dolore che lei non poteva avere figli. Anna gli era grata per questo, si sforzava di non sembrare annoiata o delusa. Ma aveva perso quasi subito interesse per la routine di coppia, e negli ultimi quattro anni si era aggrappata a una vita parallela che quel giorno, con la morte di Zeno, era finita. Per sempre. Non era pentita delle sue scelte, però era pronta a metterci una pietra sopra e a tornare sulla retta via. Quello che chiedeva al destino era di passarla liscia.

«Catturerete i killer?» chiese Pietro.

«Non sarà facile» rispose evasiva.

«La stampa vi starà addosso. È un pezzo che un poliziotto non veniva ammazzato da queste parti.»

«Ci aspetta un periodo difficile» tagliò corto lei. Non aveva nessuna voglia di parlare, soprattutto di ricordare la gola tagliata di Zeno.

Ma Pietro non mollava l'osso: «Un paziente sostiene che si tratti di una storia di sesso. Tra uomini».

Le voci più incontrollate stavano già dilagando e non c'era modo di arginarle.

«Ho conosciuto la moglie» mormorò lei senza un motivo preciso. «Una bella donna, forte, risoluta.»

«E lui? L'avevi mai conosciuto?»

Scosse la testa. «No. Non l'ho mai incontrato» mentì. «Se ne stava rintanato alla frontiera, poi è venuto a farsi ammazzare qui.»

Dopo cena si accasciò sul divano a guardare la televisione e si addormentò quasi subito. Si aspettava che Zeno venisse a trovarla in sogno, come è usanza dei morti quando non hanno avuto il tempo di salutare le persone a cui volevano bene. Invece lui non si fece vedere. Rimase rintanato chissà dove.

Il giorno seguente la questura e la città vennero prese d'assalto dai cronisti. Era comprensibile che accadesse ma non fu nemmeno troppo complicato dirottarli nel luogo in cui aveva vissuto e lavorato il sovrintendente Degrassi. In mancanza di notizie concrete, niente di meglio di un po' di colore locale, per dare spessore ai servizi.

Il secondo giorno, le prime risultanze della perizia autoptica confermarono che Zeno era stato ucciso da un'unica ferita di arma da taglio, che aveva reciso la giugulare. Questo però si sapeva già. Nel sangue era stata trovata una certa quantità di alcol, ma la notizia che stesse smaltendo una sbronza fu accolta dal più assoluto disinteresse. Fu un'altra notizia a fare il giro di tutti i poliziotti, sussurrata di bocca in bocca: gli accertamenti tossicologici avevano rilevato la presenza di papaverina, segno evidente che il defunto si era "bombato" il cazzo per trascorrere una notte di fuoco con una femmina diversa da quella che aveva sposato.

Anna lo apprese da Bonisoli. «Mi dispiace per la moglie» disse con sincerità. «Salvador ha già una certa idea, e cerca prove per suffragarla.»

«E cioè?»

«Degrassi ha intascato una mazzetta ed è andato a festeggiare con una troia da qualche parte. Forse al di là del confine, dove era più facile passare inosservato.»

Il vicequestore Santarossa cercò di non apparire troppo turbata. «Immagino che sia stata richiesta la collaborazione degli austriaci e degli sloveni» bofonchiò giusto per non rimanere in silenzio.

«Sì, e abbiamo scoperto che Degrassi era ben conosciuto.»

«Come uno sbirro corrotto?»

«Al contrario. Pare che i colleghi stranieri lo tenessero in grande considerazione e si rivolgessero a lui quando non volevano passare tramite i canali ufficiali.»

Anna pensò che forse la vedova aveva ragione: alla frontiera funzionava tutto in modo diverso. Di una cosa era ormai certa: Zeno era una continua sorpresa. Cominciava a sospettare che l'amante le avesse mostrato solo alcuni lati della sua personalità. Quelli che voleva che lei vedesse.

Il terzo giorno non accadde nulla di particolare sul piano delle indagini. Le voci e i pettegolezzi in città si erano ormai concentrati sulla pista dello sbirro corrotto, mentre i media avevano scelto quella della criminalità estera, che permetteva di alimentare il dibattito sulla scomoda presenza degli stranieri nel Paese. Le elezioni non erano poi così lontane. I corrispondenti e le troupe delle testate nazionali stavano già smobilitando e Anna era occupata a coordinare posti di blocco con carabinieri e guardia di finanza per dimostrare alla popolazione che le forze dell'ordine erano vigili e presenti sul territorio.

Uscita dalla questura, si fermò nel solito locale lungo la strada di casa a bere un aperitivo. Ogni tanto si concedeva quel piccolo piacere. Si appollaiava su uno degli sgabelli al bancone e centellinava un bicchiere di Ribolla gialla chiacchierando con le bariste: due sorelle, zitelle incallite, simpatiche e gentili.

Il primo sorso lo dedicò a Zeno, il secondo a se stessa, per aver retto a tre lunghe giornate senza soccombere all'ansia e alla paura. Si sentiva come una tossica che provava a smettere. Più il tempo passava, maggiori erano le possibilità di salvarsi.

Capì di essersi sbagliata qualche minuto più tardi,

quando incrociò lo sguardo di un cliente che la fissava. Era solo, a qualche sgabello di distanza, e pescava olive con lo stuzzicadenti da una ciotola mentre attendeva il suo drink.

Non aveva intenzione di corteggiarla. Conosceva gli uomini da troppo tempo per confondersi. Il tizio lasciava intendere di conoscerla e di non essere lì per caso. Anna chiese a una delle bariste se lo avesse mai visto prima.

L'altra scosse la testa. «Credo sia russo» rispose a voce bassa.

La poliziotta si ritrovò subito a pensare che invece potesse essere bulgaro. E che fosse uno degli assassini di Zeno. Il panico si impadronì della sua mente. Le domande si affastellavano e non era in grado di rispondere. Continuava a ripetersi che ignoravano la sua identità e che non c'era nulla da temere.

Pagò e uscì tenendo d'occhio l'uomo che non aveva smesso di osservarla attraverso la vetrina. Non si era mosso, e questo la convinse di essersi lasciata prendere dalla paranoia. Tirò un sospiro di sollievo, giusto il tempo di raggiungere l'auto e notare un biglietto sotto il tergicristallo. "Chiama!" c'era scritto in stampatello. Sotto, un numero di cellulare.

Non ebbe la minima esitazione. Non volle nemmeno considerare l'idea di controllare a chi appartenesse l'utenza. Digitò le cifre tenendo d'occhio il tizio nel locale. Quando vide che prendeva il telefonino dalla tasca interna della giacca, un suono rauco le sfuggì dalla gola.

«Ciao, Anna» la salutò lo sconosciuto in un buon italiano venato da un forte accento slavo.

«Che vuoi?»

«Sei attesa alla pensione Mangart. La camera la conosci.»

La Santarossa rimase senza fiato, come se il tizio le avesse tirato un cazzotto alla bocca dello stomaco.

«Sali in auto» ordinò lui.

«No.»

«Allora inizia a correre, perché domani i tuoi amici sbirri ti daranno la caccia per sbatterti in galera.»

«Parliamo al telefono.»

«Non sono la persona giusta.»

«E chi sarebbe?»

L'uomo sospirò. «Calmati e rifletti» consigliò in tono amichevole. «Non hai scelta.»

«C'è sempre una scelta.»

«La classica battuta da film» commentò l'altro ridacchiando. «Comunque hai ragione. Puoi fuggire, suicidarti o consegnarti ai tuoi colleghi, ma la mossa più conveniente è ascoltare quello che abbiamo da dirti.»

«Domani, allora» rilanciò Anna.

«Ora o mai più.»

«Ho buttato le chiavi della pensione» balbettò, in preda al panico e si sentì una stupida.

«Non preoccuparti: sei l'ospite d'onore, vedrai che qualcuno ti aprirà.»

La poliziotta interruppe la comunicazione e rimase a fissare con odio il bulgaro che non smetteva di sorridere.

Non aveva alternative. E non riusciva a comprendere come si fosse potuta cacciare in quella trappola. Schiacciò il tasto del telecomando e aprì la portiera.

Dopo una decina di chilometri, si ricordò di chiamare Pietro. «Un'emergenza dell'ultimo momento... C'entra il delitto Degrassi» si giustificò. «Non credo di riuscire a tornare prima di domattina.»

Il marito non protestò. Del resto era capitato altre volte ed era abituato a dormire solo. «Allora mangio da mia madre» disse.

Bravo, Pietro. Cena pure da mammina, pensò lei, mentre io finisco nelle mani di mafiosi che non dovevano nemmeno conoscere la mia esistenza.

Rispettò i limiti di velocità, anche se era consapevole che il suo passaggio sarebbe stato registrato da diverse telecamere. Impiegò poco meno di un'ora e mezza per entrare nel parcheggio della pensione.

Le luci della sala ristorante e del bar erano accese, e dietro le tende si intravedevano le ombre dei clienti. Non era mai arrivata così presto. Quando scese dall'auto, vide spuntare dal buio uno sconosciuto, che le fece cenno di seguirla, aprì la porta di servizio e la precedette fino alla camera dove si incontrava con Zeno. Bussò tre volte, e l'uomo che venne ad aprire le tolse la pistola, prima di lasciarla entrare.

Anna si trovò di fronte altri due bulgari. Individuò subito il capo: era seduto sull'unica poltroncina, e comunque lo aveva riconosciuto. Si chiamava Georgi Ushev ed era considerato il boss indiscusso della mafia di Sofia in Italia. Da un paio d'anni era scomparso dai radar di inquirenti e informatori. Non ne ricordava l'età ma doveva avere circa quarantacinque anni. Era calvo, e sul viso pallido spiccavano labbra carnose e un naso con una piccola gobba nel mezzo. L'unico vezzo erano le sopracciglia incolte. Aveva il fisico di un teppista cresciuto in strada, che si era affermato con la violenza.

Gli altri due uomini presenti nella stanza erano anonimi scagnozzi con lo sguardo vuoto degli esecutori, volti di pietra, postura minacciosa. Il boss sorrise e le indicò una sedia piazzata di fronte a lui.

Quando il vicequestore Santarossa si accomodò, nessuno aveva ancora pronunciato una sola parola.

Ushev se la prese comoda, prima di darle il benvenuto. «Sono contento di conoscerti.» Parlava un ottimo italiano con una lieve inflessione romana.

La poliziotta non rimase stupita: la base dell'organizzazione era nella Capitale, dove si diceva vivesse il mafioso. Anna andò dritta al punto. «Come mi avete scoperta? Avete costretto Zeno a fare il mio nome?»

Sulla faccia del bulgaro apparve una smorfia di sincera sorpresa. Scosse la testa, deluso. «Sappiamo di te da almeno due anni» rivelò. «Abbiamo seguito il tuo amico, e dato che eravate affezionati a questa pensione, abbiamo convinto la proprietaria a collaborare.» Indicò un quadro che raffigurava una montagna coperta di neve. «Abbiamo anche voluto conservare un ricordo della vostra ultima notte d'amore.» Ushev rise di gusto quando vide Anna arrossire e abbassare lo sguardo. «A questo punto spero che la situazione ti sia chiara: ora lavori per noi, e la tua quotazione di mercato è miseramente crollata. Non ti daremo più un centesimo.»

«Perché avete ucciso Zeno? Andava tutto bene, le informazioni erano esatte e non era mai successo nulla» si ribellò la poliziotta.

Il bulgaro si sporse in avanti e le afferrò il mento, per costringerla a guardarlo negli occhi. «Mi stai prendendo per il culo o davvero non sai niente?»

Anna si divincolò. «Di che cazzo parli?»

L'uomo si convinse che era sincera. «L'Interpol ha infiltrato un agente nella nostra organizzazione.»

«E cosa c'entra questo con le dritte che vi passavo attraverso Zeno?»

«All'apparenza nulla» rispose Ushev. «Il problema è che i nostri trasporti sono stati intercettati dalla polizia sia in entrata sia in uscita dall'Italia. Nell'ultimo anno è accaduto due volte in Slovenia, una in Austria e due alla periferia di Roma. Sembravano inconvenienti casuali, e abbiamo commesso l'errore di crederlo fino a quando non abbiamo ricevuto una soffiata da un pezzo grosso della Zhandarmeriya di Sofia.»

«Continuo a non capire perché ve la siete presa con noi.»

«Eppure è così chiaro! Ogni volta che abbiamo perso un carico, tu e Zeno avevate garantito il passaggio alla frontiera e indicato l'itinerario. Ma come per incanto dopo due, trecento chilometri, spuntavano i vostri colleghi che fermavano i nostri mezzi a colpo sicuro.»

«Io non vi ho tradito, dovete credermi.»

«La parola di uno sbirro non conta nulla per me» sbottò Georgi Ushev infastidito. «Il tuo amante ha giurato di non sapere nulla ma non gli abbiamo creduto, o comunque non in pieno. Per questo è morto.»

«Ma avevate cercato di chiarire la faccenda con lui? Perché a me non ha mai confidato nulla.»

Il mafioso indicò uno dei suoi uomini. «Kyril aveva posto il problema, ma lui ha sempre risposto che era solo sfortuna.»

La Santarossa era esterrefatta. Non era a conoscenza dei sequestri e degli arresti: erano stati effettuati in altre regioni, e il suo complice l'aveva tenuta all'oscuro.

Il boss le accarezzò i capelli. «Sei sicura di non poterci aiutare con quella spia?»

«Sicurissima.»

«Allora, scopri come si chiama.»

Anna si alzò di scatto. «E come? È un'informazione segreta al di fuori della mia portata, sono solo un funzionario di provincia!»

«Non ti sottovalutare. Sono certo che troverai il modo, perché l'alternativa è la morte o il carcere. E la vergogna. La parte del video in cui fai la puntura sul cazzo di Zeno è degna di un film di Hollywood.»

La donna si sentiva svuotata, e si lasciò cadere di nuovo sulla sedia. «D'accordo, cercherò di capire chi è.»

«Brava» si complimentò il bulgaro. «E sarà il primo incarico di una lunga serie. Abbiamo grandi progetti su di te. Ti aiuteremo con qualche buon arresto tra la concorrenza, poi chiederai il trasferimento a Roma, dove ci sarai molto più utile.»

Anna non aveva ancora compreso di non essere più padrona della propria vita, e lo dimostrò tirando fuori la più stupida delle ingenuità: «Ma io vivo qui, ho un marito che lavora...».

«Per fortuna esiste il divorzio» la interruppe Ushev ghignando. «O può capitare di diventare vedove, e tutto è ancora più semplice.» Quindi il boss si alzò. «Ora festeggerai con i miei amici la reciproca conoscenza.»

Anna sul principio non capì, poi presa dal panico afferrò la sedia, pronta a battersi.

I bulgari si scambiarono un'occhiata, ridacchiando di gusto. Quello che rispondeva al nome di Kyril iniziò a sbottonarsi la camicia.

«Lasciatemi andare» implorò lei.

«Abbiamo visto il filmato» infierì Ushev. «Sei solo una troia. Una poliziotta troia. Devi imparare che esiste di meglio del cazzo di un altro sbirro. Devi imparare chi comanda.»

Prima di andarsene senza degnare la Santarossa di uno sguardo, si rivolse in bulgaro agli scagnozzi. Dal tono, i suoi sembrarono ordini.

Anna continuava a brandire la sua arma improvvisata mentre i due si spogliavano con studiata lentezza. Quando rimasero nudi, ostentarono con fierezza le loro erezioni infilandosi un preservativo.

«Georgi si è raccomandato di non lasciarti segni in faccia» disse Kyril. «Ma possiamo farti male lo stesso, se continui a essere così stupida. Non è meglio divertirsi senza tante storie?»

Anna giocò l'unica carta a sua disposizione. Caricò a testa bassa tentando di arrivare alla porta. Venne bloccata con due pugni all'altezza delle reni. Cadde bocconi sul letto, le ficcarono un fazzoletto in bocca e da quell'istante poté solo subire.

Diverse ore più tardi si trascinò in bagno e riempì la vasca. Quando si immerse, riuscì finalmente a piangere. Quei due animali l'avevano violentata e umiliata con metodo. Non era la prima volta che stupravano, questo era evidente: formavano una coppia ben affiatata, che conosceva ogni trucco per cancellare la dignità di una donna.

Anna ripensò al passato, e a quando le era capitato di raccogliere testimonianze di stupro. Ricordava bene quella di una ragazza albanese che con una voce priva di emozione le aveva raccontato come era stata «addomesticata» prima di essere buttata sulla strada.

Fino a quella notte era sempre stata convinta di capire cosa si provasse.

Si sbagliava. Non esistevano parole adatte per descrivere la degradazione, e il tempo non sarebbe mai bastato, per dimenticare.

Il gelo che si era impadronito di ogni cellula del suo corpo la spaventò. L'acqua calda e accogliente in cui si era immersa non serviva a cancellare l'orrore, e in quel momento Anna si rese conto che non avrebbe obbedito agli ordini di Ushev. Non avrebbe più permesso a nessuno di usarla, di toccarla.

«Ti prego» mormorò a se stessa, consapevole di imboccare di nuovo una strada sbagliata. Senza uscita. Ma schiantarsi contro il muro della verità e delle sue conseguenze era sempre meglio che continuare a subire.

L'errore dei bulgari era stata la violenza. Se l'avessero risparmiata, avrebbe accettato di lavorare per loro, cercando di sopravvivere al ricatto. Ora non aveva più nulla da perdere.

Si asciugò e si vestì evitando di guardarsi allo specchio. Recuperò l'arma d'ordinanza e la soppesò nella mano. Controllò il caricatore, osservò come se fosse la prima volta la forma dei proiettili. Immaginò il loro impatto sul corpo dei due bulgari. Scese le scale diretta alla reception.

La proprietaria impallidì quando se la trovò davanti. «È meglio se esci da dietro» sussurrò. «Qualcuno potrebbe vederti.»

Anna l'afferrò per i capelli e la strattonò fino a costringerla a inginocchiarsi. «Dovevi avvertirmi» sibilò. «Potevo salvarmi.»

«Avevo troppa paura» si giustificò Doriana con voce tremante. «Mio marito si è giocato anche quello che non aveva, e loro si sono presi tutto, perfino la pensione. Siamo diventati i loro servi.»

La poliziotta mollò la presa e si diresse verso l'uscita, le spalle curve, trascinando i piedi. Salì in auto e chiamò la questura per avvertire l'agente Salvalaggio che stava male e che per qualche giorno non sarebbe tornata in servizio. Invece di scendere a valle salì ancora verso Tarvisio, diretta alla casa dove aveva vissuto il sovrintendente capo Zeno Degrassi.

«Domani seppellisco mio marito» esordì la vedova infastidita, tenendola sulla porta. «Vorrei rimanere sola, in questi giorni è stato impossibile.»

«Mi lasci entrare, la prego» insisté la Santarossa.

Aleksandra si arrese. Andò dritta in cucina e le versò un caffè dalla moka ancora fumante. «Cosa le è successo?» chiese in tono più gentile. «Ha la faccia di una che se l'è vista brutta.»

Anna ebbe un cedimento. Si era ripromessa di essere forte, ma la mano che reggeva il cucchiaino con lo zucchero iniziò a tremare.

L'altra glielo sfilò dalle dita. «Qualcuno le ha fatto del male?»

Anna non riuscì a negare.

La Droic si sedette al suo fianco. «Mi spiace» disse con sincerità. «Conosco una dottoressa al di là del confine. È brava e discreta.» Non aggiunse altro. Non ce n'era bisogno.

«Hanno usato i preservativi» replicò l'altra, stupendosi di quella confidenza.

«Bastardi ma previdenti» commentò la vedova con un filo di voce. Lasciò ad Anna il tempo di bere qualche sorso di caffè. «Immagino sia venuta qui perché quello che le è capitato ha a che vedere con l'omicidio di Zeno.»

«Esatto.»

«Perché un vicequestore della polizia ha cercato una donna in lutto invece di rivolgersi ai suoi colleghi?»

«Lei è l'unica che può aiutarmi.»

Aleksandra sospirò. «Si prenda tutto il tempo che le serve per rimettersi un po'. Poi parleremo.»

La Santarossa agitò una mano lasciando intendere che non ce n'era bisogno. «Zeno è stato ammazzato dalla mafia bulgara. L'ordine lo ha dato Georgi Ushev.»

«E lei come lo sa?»

«Ero complice di suo marito. Vendevamo informazioni ai mafiosi.»

«Perché allora lo hanno ucciso mentre lei è ancora viva?»

Anna le raccontò tutto. Evitò di parlare della loro relazione fino a quando la Droic chiese: «Andavate a letto insieme? Gli amici più stretti di Zeno mi hanno avvisato di prepararmi perché potrei scoprire fatti spiacevoli di questo tipo».

Avrebbe potuto negare, se non fosse esistito quel maledetto video. Avrebbe voluto mentire, invece ascoltò la sua voce che ammetteva: «Sì, eravamo amanti».

«Dunque è lei la donna misteriosa con cui ha trascorso l'ultima notte della sua vita?»

Anna non trovò il coraggio di rispondere. Il dispiacere di procurarle tanto dolore le rendeva impossibile parlare. Sperò che ne valesse davvero la pena.

La vedova ebbe una reazione composta. «Mi manca troppo per non perdonarlo. Darei tutto per poterlo avere qui solo un giorno di più, vederlo seduto a questa tavola con me e i suoi figli.» Abbassò lo sguardo per qualche istante, sforzandosi di dominare le emozioni. «Non capisco cosa le sia venuto in mente, dottoressa Santarossa» aggiunse poi usando lo stesso tono pacato. «Lei aveva una carriera e un marito. Un buon tenore di vita, e un futuro destinato a soddisfazioni e a delusioni come succede alla maggior parte delle persone che vivono un'esistenza scontata. Invece è venuta a cercare emozioni forti nel posto peggiore: la frontiera. Che da queste parti è doppia, quindi ancora più infida. E ora è precipitata in un abisso da cui dubito riuscirà a venir fuori. Lo stupro che ha subìto purtroppo è solo la prima di una serie di conseguenze che la distruggeranno, una dopo l'altra. Per questo continuo a non comprendere perché si sia rivolta a me.»

«Sono convinta che Zeno le raccontasse del suo lavoro. Altrimenti non sarebbe mai venuta in questura a dettare condizioni.»

Aleksandra rimase in silenzio per qualche istante. «E se anche fosse?»

«Devo trovare l'infiltrato.»

«Per venderlo a Ushev?»

«No. Per fotterlo.»

«Lei è corrotta fino al midollo: non merita nessuna fiducia.»

«Anche suo marito lo era. Da dove crede che arrivassero i cinquemila euro che gli hanno trovato addosso, e tutti quelli che ha intascato negli ultimi quattro anni?»

Le labbra della vedova si piegarono in una smorfia amara. «Abbiamo sempre vissuto con i nostri stipendi, posso garantirglielo.»

«Zeno faceva il doppio gioco?»

«Triplo, quadruplo... Siamo al confine, dottoressa, e sono stanca di ripeterle che Zeno era onesto.»

Anna ebbe un'intuizione. «Collaborava con gli sloveni e i croati, vero?»

La Droic era stufa di averla tra i piedi. L'indomani avrebbe detto addio all'uomo che aveva amato, il padre dei suoi figli, e non aveva più tempo per ascoltare i piagnistei della donna colpevole di averla derubata dell'ultima notte che avrebbe potuto trascorrere insieme a lui. Lo spiegò senza mezzi termini, e per la Santarossa fu come se qualcuno le incidesse il cuore con un pezzo di vetro.

Anna arrivò a casa giusto in tempo per la visita fiscale. Il medico la guardò in faccia: «Stress?».

Lei annuì ricacciando indietro le lacrime.

«Di quanti giorni ha bisogno?»

La poliziotta alzò le spalle. «Solo di quanto basta per riprendere fiato.»

«Tre, allora» disse il dottore compilando in fretta il certificato.

Pietro rientrò pochi minuti più tardi. «Il tuo è un mestiere difficile, psicologicamente usurante» commentò. «Non c'è niente di male ad ammettere di non essere di ferro.»

Anna si sentì sollevata. Il mattino seguente sarebbe stato sabato, il giorno in cui al marito piaceva fare sesso, ma lei non voleva che nessuno la toccasse, nemmeno Pietro. E non era pronta neppure a lasciarlo, anche se ormai era chiaro che quella storia non avrebbe avuto un lieto fine.

Mangiò appena e prese qualche goccia in più di sonnifero per addormentarsi prima possibile. Si svegliò però abbastanza presto: Pietro era già andato a giocare a tennis. Riuscì a guardarsi allo specchio pensando che in quel momento Zeno stava andando al camposanto.

Non aveva capito nulla di quell'uomo. Non aveva capito nulla della vita. Aveva sbagliato tutto, e ora avrebbe pagato. Aleksandra aveva ragione: non ci sarebbe stato modo di evitare le conseguenze.

Le restava quel fine settimana per decidere come chiudere la partita con i bulgari, dopodiché avrebbe affrontato il suo destino. Non a testa alta, ma piena di vergogna. Non era pronta a rassegnarsi al disprezzo.

Quando suonò il citofono, era ancora in pigiama. Sperò che non fosse qualche collega o peggio ancora l'agente Corinna Salvalaggio, accorsa al capezzale dell'adorata dottoressa Santarossa.

Sullo schermo vide uno sconosciuto sui trentacinque anni, con il volto scavato coperto da una barba rada, di un biondo venato di rosso. Occhi grandi e scuri. Indossava un giubbotto marrone di poco prezzo da cui spuntavano logori pantaloni da lavoro. Spingeva un carrellino con una piccola cassa di legno. Alle sue spalle, un furgoncino anonimo e bianco.

«Devo consegnare del vino» disse.

«Lo lasci lì» ribatté Anna in tono stanco. «Lo ritiro più tardi.»

Il tizio insisté. «Sarebbe un peccato se venisse rubato. È buono, ed è un regalo della sua amica Aleksandra.»

La Santarossa rimuginò per qualche istante sul significato di quelle parole, prima di schiacciare il pulsante di apertura del cancello esterno.

L'uomo attraversò il piccolo giardino ed entrò in casa. «Suo marito sta vincendo, ma ne avrà ancora per un po'» disse, dimostrando di essere a conoscenza dei movimenti di Pietro.

«Chi è lei?»

«Non ha importanza, diciamo che lavoravo con il sovrintendente Degrassi.»

Sotto copertura, dedusse Anna e si chiese se fosse lui l'infiltrato che i bulgari cercavano. In tal caso, però, non avrebbe avuto alcun senso che si presentasse da lei. L'altro le chiese di spostarsi dall'ingresso, e lei lo precedette in cucina.

Lo sconosciuto sollevò la cassa e l'appoggiò sul tavolo. Era più leggera di quanto avrebbe dovuto essere se avesse contenuto del vino. E infatti, quando l'uomo la aprì, ne estrasse un paio di cellulari e altre apparecchiature elettroniche. Prese un registratore, controllò microfono e batterie. «Ripeti quello che hai raccontato alla moglie di Zeno» ordinò, senza preoccuparsi di mascherare il disprezzo che trapelava dal tono. «Ci interessa soprattutto l'incontro con i bulgari, perciò cerca di essere più dettagliata possibile.»

«Cosa sta succedendo?» chiese la poliziotta allarmata.

«Tranquilla, questa registrazione non finirà agli atti.»

«E allora a che vi serve?»

L'uomo sbuffò. «Sono stato autorizzato ad avvisarti che abbiamo deciso di preparare una trappola per Ushev» spiegò deciso. «In cambio della tua collaborazione otterrai uno sconto di pena: forse riuscirai addirittura a evitare la galera se ti renderai utile. Con voi traditori finisce sempre così, a furia di fottere il prossimo, ve la cavate a buon mercato.»

Anna si sentì quasi strappare i gradi dalla divisa. Non era più una poliziotta ma una criminale che collaborava per salvarsi il culo. «La vedova vi ha raccontato proprio tutto» commentò piccata, capendo di averla giudicata male. Era certa che Aleksandra avrebbe mantenuto il silenzio, per non infangare la memoria del marito.

«Non ce n'era bisogno. Ti controlliamo fin dal primo momento in cui hai avvicinato il povero Zeno.»

«Allora è vero che non era corrotto» sbottò lei, piena di rabbia per essere stata ingannata.

«Sei tu l'unica mela marcia. Ti abbiamo dato corda perché ci hai permesso di agganciare i bulgari e tenere sotto controllo i loro traffici per quattro anni.»

«E al momento giusto mi avreste arrestata.»

«Non immagini con quanto piacere.»

«Eravate anche al corrente che Degrassi era il mio amante?»

L'uomo sorrise, con aria crudele, e non si lasciò sfuggire l'occasione per insultarla. «Sei sempre stata una sbirra da ufficio: non hai idea di che si è costretti a fare quando si opera sotto copertura.»

Anna avrebbe voluto gridargli in faccia che a Zeno piaceva andare a letto con lei e che a modo suo l'amava, anche se ormai non era più sicura di nulla.

«Sbrigati» la sollecitò l'altro.

Lei iniziò a ricordare, a descrivere. Quando arrivò il momento dello stupro, scoppiò in lacrime e lui schiacciò il tasto della pausa con un gesto di stizza. «Smettila con queste lagne» sbottò infastidito. «Te la sei cercata. Invece di accettare il loro invito, avresti dovuto rivolgerti ai tuoi superiori.»

Quelle parole così sincere le tolsero il fiato, e Anna sentì che qualcosa dentro di lei si era spezzato una volta per tutte. Quell'uomo era un poliziotto. Non aveva voluto identificarsi, ma era evidente. Comprendeva il disprezzo nei confronti della collega corrotta, ma lui era andato oltre. Si irrigidì e rifiutò di continuare la registrazione. «Potrei solo annoiarvi con le mie lagne» sussurrò. «Non ho più nulla di significativo da riferire.»

«Non puoi permetterti il lusso di essere offesa.»

«Allora arrestami e portami in questura.»

L'uomo borbottò qualche frase minacciosa per indurla a cambiare atteggiamento ma lei nemmeno lo ascoltava, quindi rinunciò e prese un tablet. Le mostrò diverse fotografie di mafiosi bulgari. Erano state scattate quasi tutte per strada o all'interno di locali pubblici, segno che erano tenuti sotto sorveglianza da tempo. La Santarossa identificò Georgi Ushev e i suoi violentatori, Kyril Sano e Milko Valev, posando l'indice sulle istantanee che li ritraevano. Riconobbe anche quello che l'aveva avvicinata al bar: si chiamava Yavor Ianevski.

Subito dopo, il telefonino del tizio squillò. «Tuo marito sta tornando» annunciò e le consegnò un cellulare. «Da questo momento lo useremo per comunicare. Il numero è già memorizzato e... intercettato. Come le altre utenze che ti riguardano, compreso l'ufficio.»

«Non incontrerò più i bulgari senza una protezione adeguata» mise in chiaro Anna. «Indosserò un microfono e voi interverrete al primo segnale di pericolo.»

Il poliziotto allargò le braccia. «Faremo il possibile, ma non siamo in grado di garantire nulla. D'altronde la posta in gioco è alta: per noi significa catturare Ushev e la sua banda, per te la possibilità di evitare il carcere.»

Anna cercò le parole giuste per fargli comprendere quanto fosse reale e concreto il pericolo che la violentassero ancora, ma rinunciò quasi subito. Le era difficile spiegare che non mettere sul piatto della bilancia l'immunità e lo stupro era inaccettabile.

Aspettò che lo stronzo se ne andasse, poi si imbottì di sonniferi e tornò a letto. Si risvegliò a notte fonda. Il marito dormiva della grossa al suo fianco. Andò in cucina e si fece un panino, che mangiò con appetito. Poi prese la pistola d'ordinanza e la smontò sul tavolo. Rimase fino all'alba a pulire e oliare i vari pezzi.

Il lunedì mattina, preparò la colazione a Pietro. Era capitato di rado, in passato, e sempre quando lei aveva qualcosa di importante, e spiacevole, da dire.

Lui si sedette e si versò il tè nella tazza prima di sollecitarla a parlare.

«Ho commesso degli errori» attaccò Anna in tono triste. «Non ho idea di quello che accadrà, di certo lascerò la polizia.»

Il marito la fissò stupito. «Sei nei guai?»

«Sì, ma ora non mi va di spiegare.»

Pietro si alzò di scatto. «Qualsiasi cosa succeda, ti starò sempre vicino.»

Lei sospirò. «Temevo che avresti risposto così, Pietro. In realtà, quando capirai chi sono davvero, non vedrai l'ora di allontanarti da me.»

Lui era sempre più confuso e preoccupato. «Ma cosa puoi aver fatto di così grave? Ti prego, Anna, racconta. Ho bisogno di sapere.»

«Non è il momento, devo andare in ufficio.»

«D'accordo, allora stasera.»

Quell'ultima frase la riempì di tenerezza, e si sforzò di tornare indietro e baciarlo sulle labbra.

Quando arrivò in questura, Anna si sottrasse al rito del caffè accompagnato dagli aneddoti sul weekend appena trascorso, e bussò alla porta di Bonisoli. «Ho bisogno di essere sostituita» annunciò.

Il commissario interruppe la lettura di un fascicolo. «Proprio adesso che siamo sotto pressione? E poi, per quanto?»

La Santarossa alzò le spalle. «Non ne ho idea.»

«Questa non è una risposta sensata, Anna.»

«Non ne ho di migliori.»

«Che ti succede?»

Lei sbuffò. «Devo andare dal questore con il nome del sostituto, altrimenti sarò costretta a fingere di essere malata.»

«Fingere? In realtà hai un aspetto orrendo. Vuoi dirmi che ti è preso?»

Gli avrebbe voluto confidare che presto la verità sarebbe saltata fuori, e allora avrebbe ricordato per sempre l'ultimo dialogo con la dottoressa Santarossa nelle funzioni di vicequestore aggiunto della polizia di Stato.

«Per favore, Bonisoli, dammi una mano. Non ti ho mai chiesto niente.»

«D'accordo» acconsentì il collega. «Parlo io con il capo. Nel frattempo vedi di risolvere i tuoi casini, che devono essere belli grossi.»

Anna sorrise. Non era il sorriso che tutti conoscevano. Non era nemmeno il pallido ricordo, ma era comunque il suo modo per ringraziare e salutare un bravo poliziotto.

Quando uscì dal palazzo, respirò a pieni polmoni. L'aria era ghiacciata ma lei non ci badò. Era sollevata per aver tamponato la situazione, a casa e al lavoro. Ora poteva concentrarsi sul resto.

Appena salita in auto, tolse la SIM dal suo cellulare e da quello che le aveva dato l'agente sotto copertura. Poi cercò una cabina e chiamò i bulgari.

Yavor Ianevski rispose al settimo squillo, dopo aver riflettuto a lungo se accettare una chiamata da un numero sconosciuto.

«Dobbiamo vederci.»

«È importante?»

«Sì. Ho fatto quello che mi avete chiesto.»

«Va bene, ti cercheremo presto.»

«No, ti aspetto al "solito" bar tra un'ora» ribatté Anna. «È molto meglio se vieni, perché ho spento il cellulare e non sono più raggiungibile.»

«Ho bisogno di più tempo.»

«Quanto?»

«Due ore.»

La Santarossa dedusse che il mafioso non si trovava in zona. I bulgari dovevano essere sprovvisti di basi e appoggi in città. Le piccole dimensioni del paese e il massiccio dispiegamento di forze dell'ordine per il controllo del flusso di migranti non lo rendevano appetibile per le organizzazioni criminali.

«D'accordo» disse Anna, prima di riagganciare.

Decise di ingannare l'attesa passeggiando per le vie del centro. Si fermava davanti a vetrine che guardava appena, analizzando le fasi del piano che aveva escogitato durante il fine settimana. Non potendo più limitarsi a tramare nell'ombra, come in passato, era diventata insicura. Ogni singolo passaggio le sembrava perfetto per trasformarsi in un attimo nella più stupida delle mosse. Era consapevole di non essere abbastanza lucida e forte per sfidare i bulgari e la polizia in un gioco d'astuzia, ma era con le spalle al muro e non aveva altra scelta che scendere in campo da sola.

Non per vincere, certo. La partita l'aveva persa prima ancora di giocarla, quando aveva avvicinato Zeno, ritenendolo uno sbirro corrotto. E non aveva nemmeno senso tentare di limitare i danni: la sua vecchia vita, la carriera, la reputazione e il marito erano già perduti. C'era ben altro nella mente e nel cuore di Anna che la spingeva a comportarsi in quel modo. Ma non interessava a nessuno. L'unica persona coinvolta in quella storia, che sarebbe stata in grado di capire le sue ragioni, era Aleksandra, ma anche lei era una vittima, e aveva tutto il diritto di odiarla.

Quando entrò nel bar, si sentiva come una dilettante allo sbaraglio che sale sul palco per esibirsi, senza ancora conoscere le proprie potenzialità. Ianevski non era ancora arrivato. La Santarossa attese un'ora, sorseggiando vino e chiacchierando distrattamente con le bariste. Trascorse un'altra trentina di minuti sbirciando la porta, prima di chiedere la cortesia di poter usare il telefono: il cellulare del bulgaro risultava staccato. Dopo altri venti dovette arrendersi all'evidenza che il suo piano non aveva funzionato. I mafiosi non c'erano cascati: eppure erano arrivati a uccidere Zeno pur di scoprire l'identità dell'infiltrato, e lei aveva lasciato intendere di poterli aiutare a risolvere il problema.

Uscì dal locale senza un'idea precisa su dove andare. Prendere la strada di casa avrebbe significato dover affrontare le legittime domande di Pietro. Quella mattina aveva voluto prepararlo al peggio e salutarlo, convinta di non tornare più. Girò per le vie della città fino a quando non si svuotarono quasi del tutto. Avrebbe potuto prendere una stanza in un hotel ma il rischio di rivivere quanto era successo alla pensione Mangart la riempiva d'angoscia. Alla fine, stremata dallo stress e dalla stanchezza, tornò a casa. La villetta era immersa nel buio. Si tolse le scarpe per non svegliare il marito, decisa a dormire in salotto. Qualche anno prima avevano comprato un divano letto per degli ospiti che non erano mai arrivati.

All'improvviso la luce di una lampada da tavolo si accese. Il paralume rosso illuminò il volto di uno sconosciuto. Anna stava per cacciare un urlo quando il poliziotto sotto copertura le arrivò alle spalle.

«Tranquilla, siamo "noi"» disse a voce bassa.

Qualcuno pigiò l'interruttore che accendeva il lampadario. Intorno al tavolo erano seduti due uomini, insieme a Pietro, che teneva gli occhi bassi.

«Che succede?» chiese Anna, che non riusciva a riprendersi dallo spavento.

«Sei in arresto, Santarossa» rispose quello che aveva l'età giusta per essere il capo.

Anna si girò d'istinto verso il marito, che evitò di incrociare il suo sguardo. La vergogna aveva preso il sopravvento: per un dentista di provincia, il destino era già segnato.

Lei non replicò limitandosi ad annuire, si consolò pensando che almeno ci aveva provato.

Il capo si alzò e si rivolse al marito: «Ci può lasciare soli qualche minuto?».

Pietro si allontanò, sollevato. «Mi avverta quando la portate via.»

«Commissario Leo Volpatti» si presentò l'uomo. Poi indicò uno a uno i suoi uomini: «Sovrintendente Gaiba e ispettore Pavanello».

Alla fine era riuscita a dare un nome allo stronzo che l'aveva maltrattata. Era Gaiba.

Volpatti le indicò una sedia. «E così hai cercato di fotterci» disse. «Ti sei messa in contatto con i bulgari senza avvertirci.»

Anna era sorpresa. I conti non tornavano. Era stata attenta, aveva spento i cellulari, aveva usato un telefono pubblico. «E voi come lo sapete?» Poi capì. «Ianevski» esclamò. «È lui l'infiltrato!»

«Ancora per poco» spiegò il commissario. «La sua copertura salterà presto, e comunque, dopo l'omicidio di Zeno, conviene chiudere l'operazione.»

Anna si ribellò. «Quel pezzo di merda mi ha mandata al massacro. Non poteva non sapere cosa mi avrebbero fatto.»

Volpatti la invitò a calmarsi. «Yavor non è un poliziotto, è solo un criminale che ha cambiato bandiera perché gli conveniva. I colleghi bulgari della Zhandarmeriya, oltre all'immunità, gli hanno promesso un bel po' di soldi.»

«Però ora lavora anche per voi.»

«Mi dispiace per quello che ti è successo, ma non poteva avvertirti o si sarebbe scoperto.»

«E voi? Perché non siete intervenuti?»

Volpatti batté la mano sul tavolo. «Non dovevi andare a quell'appuntamento. Era arrivato il momento di arrendersi e confessare, invece hai preferito restare in gioco anche dopo la morte di Zeno, e sei rimasta fregata.»

«Me la sono cercata, vero?» gridò Anna con voce spezzata.

«Ma con chi cazzo pensavi di avere a che fare? Quelli sono bestie, e avevano appena sgozzato Zeno» ribatté il commissario. «E anche oggi hai cercato di metterti in contatto con loro. Non hai pensato quale trattamento ti avrebbero riservato una volta venuto a galla il tuo bluff?»

«Avevo un piano» sbottò la donna, pentendosi subito di aver pronunciato quelle parole.

«E qual era?»

«Non ha più importanza.»

«Non avevi intenzione di trattare con Georgi Ushev?»

«No» mentì la Santarossa. «Volevo convincerlo che ero sulla pista giusta per scoprire l'identità dell'infiltrato, e che glielo avrei consegnato in un determinato posto. Poi vi avrei avvertito...»

«Non ti credo, e comunque non avrebbe funzionato» considerò Volpatti. «O sei così marcia da cercare a tutti i costi una via d'uscita, oppure non hai un briciolo di cervello.»

Anna alzò le spalle e cambiò discorso. «Se volevate arrestarmi, mi avreste ammanettato e portato in questura. Invece mi state interrogando nel salotto di casa mia.»

«Forse ti stiamo offrendo un'altra possibilità.»

«Anche se sono marcia o stupida?»

«Dovresti in ogni caso essere interessata a evitare di trascorrere in galera una parte consistente della tua vita. Sei ancora giovane...»

Lei alzò una mano per interromperlo. «Non rifilarmi queste stronzate. Sono in grado di valutare la mia situazione. Sono laureata in giurisprudenza e conosco qual è la pena per aver venduto informazioni.»

«Dimentichi il concorso in omicidio.»

«Di che cazzo stai parlando?»

«Sei complice dei bulgari, li hai aiutati ad ammazzare Degrassi.»

«Questa è una vigliaccata. Lo sai bene che non c'entro nulla.»

«Sì, ma l'accusa reggerebbe, e Ushev e i suoi amici non la smentirebbero mai.»

La Santarossa si impose di calmarsi. Volpatti stava solo facendo il lavoro per cui era pagato. Per fortuna non aveva capito nulla del piano, perché ragionava con le logiche di ricatto e scambio che regolano i rapporti tra sbirri e criminali. Le conveniva fingere di piegarsi. Quantomeno non sarebbe finita in carcere, dove non avrebbe avuto nessuna possibilità di agire. «Cosa volete che faccia?»

Il commissario ghignò soddisfatto. «Quello che diciamo noi.»

Anna chinò il capo, in segno di totale sottomissione. L'altro allungò una mano e le accarezzò una spalla. «Vogliamo prendere gli assassini di Zeno.»

«Kyril Sano e Milko Valev, giusto?» chiese la Santarossa per avere la certezza che i due bastardi che l'avevano violentata fossero i killer.

«Proprio loro» confermò Volpatti. «Dobbiamo però arrestare anche Ushev. Ianevski ci ha spiegato che se ne sta nascosto a Roma, in un luogo sicuro che conoscono solo alcuni fedelissimi. Si è mosso per venire a parlarti, e poche altre volte. Ora dobbiamo obbligarlo a rimettere fuori la testa.»

«Per incontrare me.»

«Esatto. Vado da tuo marito. Deve stare zitto e continuare a comportarsi come se non fosse accaduto nulla fino al termine dell'operazione.»

Gaiba e Pavanello la istruirono sulle modalità con cui si sarebbero tenuti in contatto, e sull'uso del microfono che avrebbe dovuto portare. Anna fingeva di essere attenta. Non si sarebbe trasformata nella loro marionetta.

Volpatti tornò dopo una buona mezz'ora. «Un osso duro, tuo marito» disse prima di esporre il piano che avrebbe dovuto smantellare la banda di mafiosi bulgari.

Dopo, i poliziotti lasciarono la casa, che piombò nel silenzio. Anna andò in cerca di Pietro. Lo trovò seduto sul letto, la testa tra le mani.

«Mi dispiace.»

«È vero quello che raccontano?»

«Non lo so, ma come ti avevo confidato questa mattina, ho commesso degli errori.»

«Secondo Volpatti conoscevi bene quel poliziotto che hanno ammazzato.»

«Sì.»

«E quando dovevi assentarti di notte per "servizio", in realtà stavi con lui, è vero?»

«Sì.»

Il volto di Pietro era rigato di lacrime. «Ho promesso al commissario di non creare problemi. Poi le nostre vite si divideranno per sempre. Non vorrò più vederti né sapere nulla di te.»

Lei annuì e si diresse verso la porta, ma Pietro aveva ancora qualcosa da aggiungere. «Meriti di essere punita, per avermi distrutto la vita. Devi pagare, devi soffrire, Anna. Io mi sono sempre comportato bene con te. Ti ho rispettata, ti ho amata...» Poi ammutolì, come capita quando ci si rende conto che non c'è più nulla da dire.

I bulgari la contattarono due giorni più tardi. Fu lo stesso Ianevski a chiamarla. «Hai novità?» chiese l'infiltrato, attenendosi al copione scritto da Volpatti.

«Sì» rispose sicura. «Ma voglio rinegoziare i nostri accordi con Ushev.»

«Lévati dalla testa di imporre le tue condizioni.»

«E allora non vi dirò quel nome.»

«Una scelta che avrà conseguenze spiacevoli.»

«Pazienza.»

«Riferirò.»

Trascorse poco meno di mezz'ora prima che il cellulare squillasse una seconda volta. Era sempre Ianevski. Disse che Georgi Ushev aveva accettato di incontrarla l'indomani sera, alle dieci, in un parcheggio di Malborghetto-Valbruna, un paesino di montagna, a una ventina di minuti da Tarvisio. Anna lo conosceva bene per via di un ristorante dove si mangiava «benissimo», almeno a giudizio di Pietro e di sua madre.

Seguendo alla lettera le procedure imposte da Volpatti, la Santarossa uscì di casa e si recò a un indirizzo nel rione della Campagnuzza. Era un appartamento all'ultimo piano di un palazzo di recente costruzione, che ospitava il commissario e i suoi uomini.

«È una trappola» le svelò Volpatti. «Ianevski ha ricevuto un ordine diretto da Ushev: Sano e Valev dovrebbero prelevarti, portarti in un posto sicuro e torturarti finché non parli. Poi eliminarti, è ovvio.»

«Insomma, Georgi non c'è cascato» commentò Anna delusa.

«Al momento non ha nessuna intenzione di trattare con te. Dobbiamo convincerlo che si sbaglia.»

«E come?»

«Non ti presenterai all'appuntamento» rispose il commissario. «Attraverso Ianevski gli lasceremo credere che hai capito il suo gioco, e che se gli interessa il nome dell'infiltrato, deve venire qui di persona.»

Anna era certa che Volpatti stesse prendendo una cantonata. Per Ushev lei era una sbirra troia che doveva solo essere usata e stuprata. Se al suo posto ci fosse stato un uomo, forse avrebbe preso in considerazione l'idea di trattare ma per un mafioso bulgaro una donna non meritava tanta attenzione.

«Se non mi vedono, potrebbero venire a cercarmi» obiettò lei. «Magari a casa o per strada.»

«Hai ancora la pistola d'ordinanza» ribatté il commissario. «Usala. Difenditi. Non permettere che ti facciano di nuovo del male.»

Il giorno dopo, nel primo pomeriggio, Anna tirò fuori dal nascondiglio che aveva ricavato in garage il denaro guadagnato vendendo per quattro anni informazioni ai mafiosi, e lo ficcò in una vecchia borsa di pelle. Salì in auto e guidò senza fermarsi fino alla pensione Mangart. Doriana, la proprietaria, impallidì quando la vide varcare la soglia, ma lei la tranquillizzò. «Voglio una camera» disse.

La donna scosse la testa. «Non ti è bastato quello che è successo?»

«Dammi questa cazzo di camera e tieni chiusa quella bocca.»

«Non voglio guai» biascicò l'altra, mentre sbatteva la chiave sul bancone.

La Santarossa prese possesso della stanza 21, al primo

piano, accanto all'ascensore. Incastrò una sedia sotto la maniglia e si distese sul letto, con la pistola a portata di mano, rassegnata a rivivere lo stupro. Ogni singolo dettaglio le ricordava la stanza in cui era avvenuto. D'altro canto la pensione era sulla strada per Malborghetto-Valbruna: l'ideale per nascondersi, quindi. E se Doriana l'avesse tradita, questa volta non l'avrebbero colta di sorpresa. Aveva addirittura il permesso del commissario Volpatti, se avesse dovuto tirare il grilletto.

Appena fu buio si cambiò, indossando vestiti da montagna. Uscì dal retro e raggiunse il paesino. Nascose l'auto in una via secondaria e si avviò verso il parcheggio indicato dai bulgari. In giro non c'era anima viva, e dalle imposte sbarrate filtrava il sonoro rassicurante delle trasmissioni televisive della sera. Anna scelse un punto dove nascondersi. Era in anticipo di due ore.

Trascorsa la prima, nonostante fosse ben coperta, il gelo cominciò a mordere come un cane rabbioso. A un certo punto iniziò a dubitare di riuscire a resistere, ma alla fine i bulgari arrivarono a bordo di una station-wagon. L'auto giusta per un rapimento.

Il conducente scese per pisciare: era Kyril Sano. Nell'auto c'erano altri due uomini, che Anna riuscì a identificare grazie alla luce di cortesia: Milko Valev e Yavor Ianevski. Era sorpresa: non aveva previsto che fosse presente anche l'infiltrato. Volpatti doveva averlo informato che lei non si sarebbe presentata, ma era anche probabile che fosse stato Ushev a ordinargli di partecipare alla spedizione contro la sbirra troia.

Anna tolse la sicura, armò il cane, si avvicinò alla macchina dei mafiosi e aprì il fuoco. Sparò diversi colpi ai suoi stupratori, che morirono in una manciata di istanti. Ianevski uscì dall'auto con le mani alzate: «Non sparare, sono Yavor» gridò terrorizzato. «Non dovevi venire. Hai combinato un casino, Georgi me la farà pagare. Bisogna chiamare subito Volpatti, deve prendermi in consegna.» Era agitato e straparlava. Del resto i suoi piani da doppiogiochista erano andati in fumo. Poi si accorse che Anna continuava a tenerlo sottotiro. «Abbassa quella cazzo di pistola!» ordinò.

Lei non obbedì. «Tu sapevi che mi avrebbero violentata.»

«E allora?»

«Non hai mosso un dito per impedirlo.»

Ianevski si infuriò. «Credi davvero che quella cosina che hai tra le gambe abbia un minimo di valore? Non hai capito cosa c'è in gioco?»

Anna intuì dove voleva andare a parare e gli sparò. Tre volte.

Aleksandra Droic era ancora sveglia. Riusciva a dormire solo qualche ora, in quei giorni di lutto. L'assenza di Zeno era dolorosa, e i figli le ricordavano di continuo che il futuro sarebbe stato difficile. Si trovava in cucina quando sentì suonare alla porta. Tolse il filtro della camomilla dalla tazza e andò ad aprire.

Anna Santarossa era l'ultima persona che avrebbe voluto trovarsi davanti a quell'ora di notte.

«Pensavo avesse capito che la sua presenza non è gradita in questa casa» disse.

La poliziotta tremava, teneva le braccia strette al petto. «Mi lasci entrare. È importante. Poi non mi vedrà mai più.»

La vedova sospirò e si fece da parte. «Piano, per favore. I bambini sono a letto.»

La Santarossa andò dritta in cucina, afferrò una sedia e la trascinò vicino alla stufa.

Aleksandra rimase in piedi, in attesa.

«Ho ucciso gli assassini di Zeno» mormorò Anna. «Erano gli stessi che mi hanno stuprata. Ho eliminato anche l'infiltrato: mi aveva mandata al macello solo perché gli conveniva.»

«E ora si sente meglio?» domandò la Droic. «Glielo chiedo perché io continuo a essere disperata proprio come lo ero prima che lei venisse a bussare alla mia porta. Il mio letto continuerà a rimanere vuoto e i miei figli cresceranno senza padre.»

«Andava fatto» tagliò corto la Santarossa.

«Non ha idea di quante volte ho sentito queste parole qui al confine, per giustificare il sangue versato.»

Le due donne rimasero in silenzio, a lungo.

Poi Aleksandra chiese: «E ora come intende muoversi?».

Anna alzò le spalle. «Pensi che ero venuta qui a chiederle un consiglio.»

«Sono la persona meno adatta.»

«È l'unica che può capirmi.»

«Lei non merita nulla, nemmeno il mio disprezzo.»

«Lo accetto, ma sono disperata, davvero. E non ho alternative.»

«Può fuggire, intanto. I confini sono fatti apposta per essere violati: potrà sempre tornare quando si sentirà pronta.»

Anna sbirciò la borsa con i soldi. Aveva abbastanza denaro per ricominciare.

«La fuga ha un solo svantaggio» aggiunse la Droic. «Si vive giorno per giorno, senza sapere quando il destino verrà a presentarti il conto.»

«Non saprei dove andare.»

«Se vuole posso chiamare una persona di fiducia, che la accompagni dall'altra parte senza che corra rischi.»

«Perché mi aiuta?»

«Perché questo è il confine, e qui funziona in un altro modo.»

Diverse ore più tardi arrivò un uomo. Un anziano ancora vigoroso. Aleksandra lo abbracciò, lo baciò più volte sulle guance e parlarono a lungo in sloveno. Poi il vecchio fece segno ad Anna che era il momento di andare. La vedova l'afferrò per un braccio. «Si ricordi: vivrà senza sapere quando...»

La Santarossa annuì e infilò la porta.

Poco lontano, Volpatti e i suoi uomini, nascosti nel buio, osservarono i due che salivano su un fuoristrada e sparivano dietro una curva.

«Gaiba, devo ammetterlo» si complimentò il commissario, «hai avuto una buona intuizione a nascondere un segnalatore sulla macchina della Santarossa.» Poi prese il cellulare e telefonò a un ufficiale della polizia slovena. «Sta arrivando» annunciò.

«Perché non la fermiamo adesso?» chiese l'ispettore Pavanello.

«Per non mettere nei guai la moglie di Zeno» rispose. «E perché i bulgari le daranno la caccia. Anna continua a essere la nostra esca migliore per catturare Ushev.»

«Non ne sarei così sicuro» sbottò Gaiba. «A me sembra solo fuori di testa. Pericolosa e incontrollabile. Ci ha presi per il culo solo per vendicarsi di quei tre stronzi.»

Volpatti alzò le spalle. «Ormai la Santarossa non è più affar nostro. Domani torniamo a Roma.»

Il mezzo venne inghiottito dal buio e dal gelo. L'autista si presentò: si chiamava Grega ed era lo zio di Aleksandra. Poi non aggiunse altro. Ingranò le ridotte per inerpicarsi sul fianco di una montagna e affrontare il fondo ghiacciato e infido di una mulattiera che attraversava una valle stretta, all'apparenza deserta. Anna pensò che non avrebbe voluto dire addio a quella che era stata la sua vita in una notte così ostile. Non avrebbe nemmeno voluto uccidere, ma era stato giusto tirare il grilletto. Le dispiaceva solo non avere avuto l'occasione di punire Georgi Ushev, il boss che aveva dato l'ordine di stuprarla.

All'improvviso squillò il cellulare di Grega, che frenò con circospezione prima di rispondere. La conversazione durò un paio di minuti. «Il passaggio non è sicuro» sbuffò lo zio di Aleksandra.

«Perché?»

«Sono stati visti poliziotti di Lubiana e quelli locali sono nervosi.»

«Tutto qui?» chiese Anna.

Grega le appoggiò una mano sul braccio. «Al confine funziona in modo diverso.»

«Ormai questo mi è chiaro» sospirò Anna.

«Qui i giorni si susseguono secondo un ordine preciso» continuò l'autista. «E quando accade un fatto insolito, anche se si tratta del più insignificante dei dettagli, il confine si ferma. Per capire.»

Anna scosse la testa infastidita da quelle parole per lei prive di senso. Maledì il destino che le aveva rifilato un anziano ex contrabbandiere buono solo per l'ospizio.

L'uomo intuì il pensiero che le passava per la mente. «Fidati dei miei capelli bianchi» disse. «Sono sopravvissuto ai tempi in cui i contrabbandieri venivano abbattuti dai cecchini o cacciati con i cani. E le galere terrorizzavano più della morte.»

Anna si sentì perduta. «Non posso tornare indietro» sussurrò.

Grega ingranò la retromarcia. «Troveremo una soluzione.»

Qualche chilometro dopo, l'uomo imboccò una stradina piena di buche che terminava nel cortile di una vecchia casa di pietra, circondata dagli alberi. Vi abitavano altri due anziani: Valentin e Josipina. Jota, zuppa di cavolo e fagioli, vino, poi un liquore forte e dolce.

Furono premurosi, gentili e non le domandarono

niente. Si limitarono a chiacchierare in sloveno con Grega e a ridere piano.

Ad Anna bastò un'occhiata alla camera da letto per capire che i padroni di casa erano abituati a ospitare gente di passaggio. Avrebbe preferito restare sveglia a riflettere e trovare una soluzione, ma il silenzio del bosco e la stanchezza dovuta alla tensione ebbero la meglio.

Quando si alzò, sul tavolo della cucina c'erano caffè, latte fresco e una focaccia appena sfornata.

«Dovrai rimanere qui» la informò Grega. «I poliziotti sloveni stanno cercando una donna, tutti i valichi e i passaggi sono controllati. E da questa parte della frontiera hanno trovato tre bulgari ammazzati a pistolettate. Ci sono posti di blocco ovunque.»

«Non voglio disturbare» ribatté Anna, guardando Valentin e Josipina.

La donna sorrise. «Non preoccuparti, ragazza. Qui sei al sicuro.»

"Ragazza." Toccò ad Anna sorridere. Un tempo lo era stata davvero. Prima che la vita iniziasse a correre. Guardò fuori dalla finestra. Il bosco, il cielo grigio. In quel momento decise che non sarebbe rimasta. «Ho cambiato idea» disse.

«È pericoloso» le ricordarono i tre vecchi.

«Dove vuoi andare?» chiese Grega più tardi, mettendo in moto il fuoristrada.

«Verso sud» rispose Anna.

«Perché?»

Decise di essere sincera. «Perché non posso sperare di avere un futuro. Mi accontento di un finale dignitoso.»

Il vecchio contrabbandiere annuì pensoso. «Conosco un tizio che procura documenti falsi. Appena passabili, in realtà, ma possono servirti se non devi salire su un aereo.»

Il commissario Volpatti era in coda con la moglie Fabrizia, in attesa di entrare in un noto negozio di abbigliamento della Capitale. Era stata pubblicizzata una svendita per cessazione dell'attività ed entrambi speravano di acquistare capi che, altrimenti, non avrebbero potuto permettersi. Il cellulare del poliziotto iniziò a squillare.

«Rispondi» sbottò la moglie dopo un po'.

«Lo sai che succede se la chiamata è di un collega, vero?» chiese Volpatti, mentre prendeva il telefonino dalla tasca del cappotto. Quando riconobbe la voce, si allontanò in fretta dalla fila. «Questa è davvero una sorpresa» balbettò. «Immagino che tu voglia costituirti...»

«Non ci penso proprio» lo interruppe Anna.

«E allora che vuoi?»

«Proporti una collaborazione. Sono a Roma per dare la caccia a Ushev e potremmo unire le forze.»

«Sei fuori dai giochi, Santarossa» sibilò il commissario. «Posso solo tentare di convincere i magistrati a non seppellirti in una fogna di carcere.»

«Mi sembra di capire che non hai intenzione di cogliere questa opportunità.»

«Se è vero che sei in città, ci mettiamo poco a trovarti. Ti conviene consegnarti a un amico.»

«E saresti tu?»

«Di me puoi fidarti.»

La Santarossa riattaccò. Aveva usato un telefono pubblico della stazione Termini. Era molto cambiata. Era dimagrita di qualche chilo, sfoggiava un nuovo taglio di capelli e un altro look, più giovanile. Anche il nome non era più lo stesso sulla carta d'identità: ora si chiamava Laura Salici. Si allontanò dalla zona con la metropolitana e raggiunse il Balaban, il locale dove lavorava da qualche tempo come cameriera. Il padrone era bulgaro, un certo Dimitar Kostov, detto Ciguli. Aveva soggiornato per qualche anno nelle galere del suo Paese e diversi, affezionati clienti erano criminali in attività.

"Laura" era stata assunta dalla moglie Camellia, che vigilava sull'attività per tutelare il patrimonio di famiglia ed evitare che il consorte allungasse le mani sulle dipendenti. L'ex poliziotta si era adoperata in ogni modo per conquistarne la fiducia: non aveva esitato a inventarsi una tresca tra Ciguli e una delle bariste per raggiungere lo scopo. Erano diventate amiche e ora Camellia si lasciava sfuggire qualche confidenza di troppo. Come quella su una certa Polina, che veniva spesso con un'amica e ordinava champagne, giusto per darsi un sacco di arie, e si vociferava che fosse l'amante preferita di un uomo potente e pericoloso che non poteva farsi vedere in giro. Era verosimile: d'altronde la ragazza era molto bella, appariscente e raffinata. Era diversa dalle altre che frequentavano il Balaban. Spesso veniva scambiata per una modella o un'attrice ma nessuno poteva chiederglielo perché era inavvicinabile. Varvara, la sua inseparabile accompagnatrice, impediva ogni approccio. Anna era stata costretta a essere paziente e astuta per avere la conferma dalla proprietaria che l'uomo con cui si incontrava era Georgi Ushev.

La mattina seguente, Volpatti informò il suo diretto superiore della telefonata della latitante. Il vicequestore Lapolla lo fissò pensieroso allungando la mano verso una ciotola che conteneva le sue amate caramelline di liquirizia calabrese. Il commissario era più anziano e aveva iniziato a dare la caccia ai criminali quando lui ancora scaldava il banco al liceo, e Lapolla conosceva il rispetto e le buone maniere.

«Forse sei stato un po' precipitoso» lo rimproverò blandamente. «Se è venuta a Roma, potrebbe aver trovato la pista giusta per arrivare a Ushev e non vorrei che lo ammazzasse. Rischiamo una figura di merda.» Il vicequestore si riferiva alla velata simpatia espressa nei confronti della ricercata da alcuni giornalisti, che non avevano creduto del tutto alla versione ufficiale sui fatti accaduti in Friuli. «La prossima volta cerca di stabilire un contatto» aggiunse Lapolla.

«Lo farò... nel caso si decidesse a richiamare» borbottò il commissario.

Il vicequestore sospirò. Volpatti era un bravo investigatore ma a volte peccava di scarsa immaginazione. Non c'erano dubbi che la Santarossa l'avrebbe cercato.

Altrimenti non si sarebbe disturbata a far sapere dove si trovava e con quali intenzioni.

E non aveva senso sprecare tempo a darle la caccia. Conosceva fin troppo bene le procedure investigative per non essersi procurata un posto sicuro.

In effetti Lapolla aveva ragione: l'ex collega aveva affittato una stanza nell'appartamento della madre del garzone, che portava i prodotti da forno al locale, una vedova che faticava ad arrivare a fine mese. Ovviamente in nero, e ai vicini la donna aveva raccontato che si era presa in casa una lontana nipote trasferitasi a Roma dopo la separazione. Una storiella abbastanza credibile, suggerita dalla stessa Anna.

Sarebbe potuta rimanere nel primo alloggio che aveva trovato in città, un monolocale in un quartiere tranquillo, ma aveva preferito che Camellia, sospettosa di natura, sapesse dove abitava, giusto perché credesse di avere il controllo della situazione.

Comunque la sistemazione era più che dignitosa. Anna temeva ancora la notte, gli incubi e soprattutto il bilancio spietato della sua esistenza a cui si obbligava prima di cedere alla stanchezza. L'inquietudine che l'aveva portata a imboccare la strada sbagliata aveva radici lontane, finalmente l'aveva capito. Non aveva nostalgia del passato. Nemmeno del marito: era ancora ferita dalle dichiarazioni terribili che Pietro aveva rilasciato durante un'intervista televisiva. Il problema era il senso di colpa per la morte di Zeno, per aver distrutto la vita a sua moglie e ai suoi figli. Non trovava pace e non l'avrebbe trovata mai. Punire Georgi Ushev sarebbe stato solo un finale dignitoso ma non le avrebbe portato nessun sollievo. Allo stupro e agli uomini che aveva ucciso non riusciva a pensare con lucidità. Era consapevole che non sarebbe mai stata in grado di affrontare da sola quella massa informe di dolore e umiliazione ficcata tra ventre e cervello. Aveva bisogno di aiuto, di confidarsi, ma era nella condizione perversa di essere una latitante che, a sua volta, cercava di stanare un altro ricercato.

Non le dispiaceva interpretare il personaggio di Laura Salici, vivere da infiltrata al Balaban, essere finta in ogni minimo dettaglio. Lavorare la distraeva, e non si risparmiava. Le intenzioni dei proprietari erano di attirare clientela italiana e non solo quella bulgara, per allargare il giro d'affari ma anche per non dare l'impressione che il locale fosse un ritrovo di criminali stranieri. Anna si occupava di servire i propri connazionali, convincendoli ad accompagnare gli aperitivi con specialità preparate da Camellia.

L'ex poliziotta piaceva a tutti, a eccezione di Polina, che non dava confidenza a nessuno. Nemmeno alla sua amica Varvara. Sembravano intime, Anna però si rese conto che la sopportava appena. Osservandola bene appariva più una guardia del corpo che una coetanea con cui divertirsi.

La Santarossa si era procurata uno scooter, e nello scarso tempo libero che aveva al mattino seguiva l'amante di Ushev. Scoprì che Varvara non la lasciava mai sola e che avevano a disposizione un autista, un cinquantenne dall'aria poco raccomandabile nonostante la giacca e la cravatta.

Anna trovò l'occasione per tentare di strappare qualche informazione a Camellia.

«Troppe domande su Polina» sbottò la bulgara guardinga.

L'altra alzò le spalle. «La invidio» mentì. «È bella, giovane...»

Camellia scosse la testa. «Non dire cazzate» l'ammonì. «La verità è che ti piace. Dimitar l'aveva capito subito che gli uomini non ti interessano.»

Anna non la smentì. Si limitò a un sorriso imbarazzato che venne interpretato come un'ammissione.

«Per me non è un problema» continuò Camellia, «basta che non inizi a corteggiare il personale... E comunque Polina è l'ultima donna da invidiare sulla faccia della terra. È nata nella famiglia sbagliata, il padre ha osato sfidare Georgi e alla fine si è dovuto piegare e cedere la figlia per salvare il resto dei suoi.» La principale aggiunse che il marito aveva ricevuto la confidenza dall'autista di Polina: Ushev aveva perso la testa per la ragazza. Poi tacque. «A volte parlo troppo» si rimproverò in tono stizzito. «"Quelli" però mi stanno proprio sullo stomaco. Dimitar si è fatto la galera al posto di uno dei capoccia e il Balaban è stato il premio. Ma sono sempre qui che ronzano attorno, come per ricordarci che siamo roba loro.»

Anch'io lo sono stata, pensò Anna, ero la loro poliziotta troia.

Il giorno seguente, Camellia era pentita di essersi confidata. Le era venuto spontaneo, come se si fosse trovata davanti una vecchia amica. «Ma non lo sei» ribadì seria. «Ti conosco appena.»

«Ormai è tardi, e devi fidarti» ribatté Anna con lo stesso tono.

La bulgara annuì. «Stai lontana da Polina, non è la tua principessa e Ushev è un uomo malvagio.»

Ma questo lei lo sapeva già.

All'ora dell'aperitivo, Polina e Varvara arrivarono al locale. Quando la ragazza si alzò dal tavolo per recarsi alla toilette, Anna la seguì. L'afferrò per un braccio e la costrinse a guardarla. «Sono anch'io una vittima di Georgi Ushev» sussurrò.

Polina si divincolò stancamente. «Lasciami stare.»

«Posso aiutarti.»

«No, non puoi e non devi.»

L'amante del boss si comportò come sempre ma non rivolse mai lo sguardo verso la cameriera che le aveva parlato in quel modo. Come se non fosse accaduto nulla.

Anna trascorse buona parte della notte a riflettere nel buio della sua camera, sconvolta dalla gelida apatia di Polina. Provava una pena infinita e si sorprese a considerare che in fondo la ragazza era l'unica persona di cui le importasse davvero. Capì che era arrivato il momento di richiamare Volpatti.

«Il mio capo vuole parlarti» si affrettò a dire il commissario.

«Perché?» chiese l'ex poliziotta.

«Lo ignoro» rispose l'altro con sincerità. «Magari ha una proposta per te, è più alto in grado e può trattare.»

Cazzate, pensò la Santarossa ma lasciò che Volpatti gli dettasse il numero. Cambiò zona, cercò un altro telefono pubblico e fece la conoscenza del vicequestore Lapolla, che dimostrò una certa delicatezza dandole del lei e informandosi sulla sua condizione.

Anna non rispose alla domanda ma annunciò che aveva scoperto il modo per arrestare Ushev, raccontò della giovane amante del boss e indicò il numero di targa dell'auto che la conduceva agli incontri con il mafioso bulgaro.

«È stata brava» commentò compiaciuto il poliziotto. «Posso chiederle perché ha deciso di passarci l'informazione e di non sfruttarla per vendicarsi?»

«Perché voi siete in grado di aiutare Polina a ricostruirsi una vita: se uccidessi quel pezzo di merda di Georgi, non cambierebbe nulla, finirebbe comunque sulla strada a battere.»

«Solo per questo? Lei non pone condizioni?»

Anna riattaccò e si allontanò camminando veloce, convinta che i suoi ex colleghi avessero già individuato la cabina e stessero arrivando a tutta velocità. Ma si sbagliava. Lapolla non aveva nessuna intenzione di catturarla.

«È sicuro, dottore?» domandò Volpatti, preoccupato di possibili conseguenze.

Il vicequestore spinse con l'indice la ciotola con le caramelline verso il commissario. «Chiama Gaiba e Pavanello e prendiamo 'sto stronzo.»

«E al resto penseremo poi... con calma» sottolineò l'altro per essere certo di aver ben compreso.

«Con molta calma.»

Volpatti e i suoi, seguendo Polina, sarebbero arrivati al Balaban nel giro di poco: Anna raccontò a Camellia che avrebbe dovuto assentarsi per qualche giorno, la madre era molto malata.

«Sembra una bugia» commentò la bulgara.

«Ha forse importanza? Ti sto avvertendo che non verrò a lavorare.»

«Tornerai?»

«Contaci» mentì. «Mi devi uno stipendio.»

Alla vedova rifilò la stessa storia. Le lasciò una scatola da consegnare a un conoscente, un certo Lapolla, che sarebbe venuto a cercarla nel giro di qualche giorno. Sembrava un regalo importante per come era avvolta in una carta di un blu elegante, con tanto di nastro di una tonalità più scura.

Nove giorni dopo, scattò l'operazione che portò alla cattura di Georgi Ushev.

Fu un'azione da vecchi tempi. Quattro sbirri, quattro pistole, una porta abbattuta. Il mafioso era solo. Polina era appena uscita. Il boss alzò le mani e si comportò come i veri capi quando si arrendono: si complimentò e chiese la cortesia di vestirsi come si conviene prima di essere esibito ai giornalisti.

Ma il vicequestore gli rovinò la sceneggiata confidandogli che era stata Anna Santarossa a farlo catturare: il bulgaro impallidì.

Lapolla e Volpatti non si presentarono alla conferenza stampa, erano in viaggio con Polina verso l'aeroporto. Un volo l'avrebbe portata dall'altra parte dell'oceano dai figli di certi parenti del vicequestore, che avevano lasciato la Lucania negli anni Cinquanta perché avevano fame e sapevano bene cosa significava reinventarsi un'esistenza. Una pratica senza scartoffie per i due sbirri, di cui nessuno sarebbe mai venuto a conoscenza perché certe faccende non si devono conoscere. Mai.

Camellia quasi svenne quando scoprì che Laura Salici, la cameriera con cui si era confidata, era un'ex poliziotta ricercata. Con Dimitar, il marito, recitò la parte dell'indignata, ma in realtà era solo felice che il giro di criminali che frequentava il Balaban si fosse dissolto come neve al sole. Non ebbe comunque nessuna remora a indicare la casa dove alloggiava "Laura".

Quando Lapolla aprì la scatola sorrise compiaciuto: conteneva la pistola d'ordinanza con cui Anna aveva ucciso i tre mafiosi bulgari e un biglietto: "Non mi serve più".

Una domenica di tarda primavera, quella che era stata il vicequestore Santarossa venne svegliata dalle grida gioiose di bambini che giocavano. Sbirciò dalla finestra, e vide due maschietti che si rincorrevano sul prato davanti alla casa, sotto lo sguardo vigile di Grega. Una donna si avvicinò al vecchio: era Aleksandra, la moglie di Zeno.

Anna tornò a distendersi sul letto. Aveva bussato alla porta della vecchia casa di pietra di Valentin e Josipina un paio di mesi prima. Era tornata in quel lembo di terra di nessuno, l'unico posto dove si sentiva protetta. E in pace.

Dormì ancora un po' prima di decidersi ad affrontare la vedova. Di certo non era venuta in gita.

Si videro un attimo prima che il pranzo fosse servito. Aleksandra la salutò con un sorriso di circostanza e la presentò ai figli come «un'amica di papà».

Una volta seduti a tavola, i vecchi e i bambini si presero la scena tra risate e racconti mentre le due donne si lanciavano occhiate in attesa di restare sole.

Quando accadde, Aleksandra disse di aver ricevuto la visita del vicequestore Lapolla. «Per incastrare Ushev per l'omicidio di Zeno è necessaria la tua testimonianza.»

«Perché si è rivolto a te?»

«La notte che sei fuggita, Volpatti e i suoi ti avevano vista uscire da casa mia. Avevano piazzato un segnalatore sulla tua auto.»

Anna ebbe la conferma di quello che aveva sempre sospettato: la polizia slovena l'attendeva al di là del confine per poi usarla come esca. Un accordo come tanti.

«Non ho intenzione di costituirmi e sono già in possesso di un nastro con la mia confessione.»

«Non basta. Secondo Lapolla sarebbe più utile un video, sostiene che avrebbe un effetto diverso sulla corte.»

L'ex poliziotta guardò verso la strada. «Magari ti hanno seguito.»

La vedova sorrise. «Quel poliziotto mi ricorda Zeno: ha un modo tutto suo di essere sbirro e posso assicurarti che non è così ansioso di saperti al sicuro in una cella.»

Anna rinunciò a cercare una ragione della benevolenza di Lapolla. Del resto non aveva capito nemmeno Zeno, con cui andava a letto e che credeva suo complice. Invece era così onesto da rimetterci la pelle per tenere pulito il suo confine.

La Santarossa si chiuse in camera e registrò il video con l'atto d'accusa contro Ushev usando il cellulare di Aleksandra. Scelse con cura le parole per inchiodare il boss. Non riuscì però a trattenere le lacrime. Tutti avrebbero visto quanto era maledettamente complicato convivere con quella storia.

«Lapolla mi ha raccontato che lavoravi in un locale ed eri anche brava» disse la vedova infilando il cellulare nella borsa. «Zio Grega ha un vecchio amico che ha un ristorante a Lendava, una cittadina termale del Nord. È un uomo potente con le amicizie giuste, lì saresti al sicuro.»

«Mi stai offrendo la salvezza ancora una volta» constatò Anna.

«Ringrazia Zeno» sussurrò la vedova prima di chiamare i bambini e mettersi in cammino per tornare a casa.

Giancarlo De Cataldo

La triade oscura

Prologo

Quella notte di maggio, al centralino c'era Panebianco, che tutti consideravano, e a ragione, un perfetto imbecille.

«Sono il commissario Doria.»

«Chi?»

«Alba Doria, idiota.»

«Mi scusi, commissario, non l'avevo...»

«È un'emergenza, datti una mossa. Sto andando a casa del dirigente.»

«Il dottor Petti?»

«Proprio lui. Mandami subito due macchine. Uomini armati.»

«Ma qui non c'è nessuno, come...»

«Panebianco, cazzo, chiama la volante di turno e i reparti operativi... Io mi sto muovendo per conto mio. Non c'è un minuto da perdere. Chiaro?»

«Ma commissario...»

Alba troncò la comunicazione, mise in tasca il cellulare, scarrellò la Beretta calibro 9x21 d'ordinanza, trasse un profondo respiro e scavalcò con facilità il cancelletto. Le siepi che circondavano il vialetto d'accesso al civico 35 erano irrorate di guazza. Per essere primavera faceva caldo. La donna era in un bagno di sudore. Gli scarponcini scricchiolavano sulla pista di ghiaia che moriva contro il piccolo portone illuminato da due anacronistici globi gialli. Un'avanzata rumorosa, nel cuore della notte.

Ma c'era da giurare che il Maestro non ci avrebbe badato. La musica a tutto volume che si diffondeva dal terzo piano della palazzina glielo avrebbe impedito. Risuonava la sigla di un cartone animato di tanti anni prima. Un motivetto allegro, beffardo. Incongruo, in considerazione della scena che si stava svolgendo all'interno.

E d'altronde il Maestro si sentiva sicuro di sé.

Sapeva di avere le spalle coperte.

Si sbagliava.

Il portoncino era aperto e Alba si avviò per le scale. L'edificio aveva tre piani. Il primo era occupato da una finanziaria. Uffici deserti. Il secondo e il terzo erano di proprietà del vicequestore Paolo Petti.

Davanti alla porta socchiusa, il sonoro raggiungeva livelli isterici. Ma nessun vicino avrebbe protestato. Petti aveva comprato i due appartamenti proprio per non avere gente fra i piedi. E se anche ci fosse stato qualcuno, con la sua autorità e le sue maniere sbrigative lui se ne sarebbe liberato.

Alba strinse la Beretta, controllò un'ultima volta che il colpo fosse in canna. E irruppe urlando: «Fermo, polizia!».

Il Maestro si voltò con lentezza. Sotto la maschera Alba riusciva a intuire lo sguardo sorpreso, forse esterrefatto. Brandiva un'ascia. Le sembrò che il filo fosse già sporco di sangue.

«Gettala e alza le mani, bastardo!»

Lui abbassò gli occhi verso la massa indistinta che si contorceva mugolando sul pavimento.

Sollevò l'ascia.

Alba inspirò, prese la mira ed esplose due colpi in rapidissima successione.

L'altro lanciò un urlo strozzato, si avvitò su se stesso, annaspò come in cerca d'aria, e infine si accasciò, mollando l'arma.

Il commissario Doria avanzò piano, impugnando la pistola con due mani.

Il Maestro era immobile, ma poteva fingere.

Da un metro circa, Alba gli piantò una terza pallottola nel cranio.

Davanti al PM avrebbe sostenuto che si era sentita minacciata. Chi avrebbe osato contestare la sua versione, dopo quello che il Maestro aveva combinato?

Dalle casse, collegate a un piccolo iPhone di terz'ultima generazione, partirono le note di *Dragon Ball*. Alba strappò i fili con un gesto rabbioso.

La sagoma di Petti, che sino a un istante prima si agitava per terra, ora giaceva inerte in una posa scomposta.

È vivo o è già andato?

Sono arrivata in tempo?

Era questo che Alba si chiedeva, senza decidersi a esaminare il corpo del vicequestore.

Poi udì il suono di una sirena in avvicinamento.

Ripose la Beretta nella cintura dei jeans.

Uno strano, ambiguo sorriso affiorò sul suo bel volto affilato.

Due mesi prima

1.

"Mi chiamo Sergio, ho sedici anni e sto per uccidere i miei genitori."

Un uomo e una donna sedevano davanti allo schermo di un computer sul quale si stagliava il viso di un adolescente come tanti. Si trovavano in un ufficio d'angolo della Direzione investigativa della polizia di Stato, in un arioso palazzo a vetri del quartiere EUR. Era una sera di fine marzo.

L'uomo, un cinquantenne sovrappeso dagli occhi iniettati di sangue, si chiamava Paolo Petti ed era il titolare dell'indagine.

La donna non aveva ancora raggiunto i trenta, indossava un tailleur grigio, con camicetta bianca e gonna al ginocchio, sfoggiava con studiata noncuranza corti capelli biondi e occhi verdi solcati da pagliuzze iridescenti. Emanava un tenue profumo accompagnato da un accenno di fragranza al lime. Il suo nome era Alba Doria e lavorava all'Unità di analisi del crimine violento.

«Possiamo guardarlo ancora, per favore?»

«Alba, per la miseria, saranno già dieci volte che abbiamo visto 'sto schifo.»

«No, è che...»

«L'ultima, ok?» Petti fece ripartire il video sbuffando.

Durava cinquantasette secondi. Il tempo sufficiente perché il ragazzo commettesse un duplice omicidio e si lanciasse giù da un terrazzo di corso Trieste. Cominciava con la faccia di un adolescente come tanti e finiva con l'immobilità di una parete nuda. Nell'inquadratura, in basso a destra, s'intuiva l'angolo del manifesto della squadra del cuore. Il delitto risaliva al giorno precedente. C'era stata una fuga di notizie. Nel pomeriggio qualcuno aveva postato il video su YouTube. Nella mezz'ora che era servita alla polizia postale per rimuoverlo, aveva superato i diecimila like. Non c'è niente che tiri più della morbosità.

«Allora, Alba?»

La donna sospirò.

Prima di trasformarsi in mostro, Sergio Rivo, il ragazzo, aveva condotto un'esistenza normalissima. Figlio unico di due professionisti, buon curriculum scolastico, niente droghe né contatti con ambienti pericolosi, tipo ultrà del calcio o aree politiche radicali. Però qualcosa di strano c'era. Altroché. Nel video Sergio era calmo. Niente respiro affannoso. Niente sudore sulla fronte. Aveva preso da tempo la sua decisione, e non avrebbe desistito. L'unica possibilità sarebbe stata che qualcuno intervenisse e lo disarmasse. Ma non era accaduto. La pistola era una Bernardelli calibro .22. Risultava regolarmente denunciata. Il padre aveva lavorato più volte come consulente per le risorse umane in svariate aziende. Aveva una discreta fama di tagliatore di teste. Era stato minacciato e aveva deciso di armarsi.

Non poteva certo immaginare che avrebbe dovuto difendersi dal figlio.

Il caricatore era stato innestato con un unico gesto secco e il colpo era scivolato in canna senza intoppi. Cartucce giuste, movimenti precisi. Prima di passare all'azione, il ragazzo doveva aver fatto delle prove. Si era diretto verso la camera dei genitori. Senza esitazioni si era avvicinato al letto, illuminando la scena con il telefono, incurante del pericolo di svegliarli. Perché? Perché non gli importava. Tanto aveva deciso. Due soli colpi. Alla testa. I botti che rompevano il silenzio della notte. Neanche un sussulto dei corpi freddati con estrema precisione. Aveva deposto l'arma sul comodino. Una nuova inquadratura del volto, freddo, privo di espressione. Poi l'iPhone era stato puntato sui piedi. Aveva ripreso i passi del ragazzo sino alla sua stanzetta, quella dove era stata girata la prima scena. Sergio aveva guardato di nuovo in macchina, poi a sinistra. Aveva pronunciato le ultime parole di una vita troppo breve.

Alba ripassò al rallentatore i fotogrammi, e li ingrandì. Cercò di decifrare il labiale. Sembrava dicesse: "Ho fatto ciò che dovevo".

Ho fatto ciò che dovevo.

Ma che senso aveva?

Infine, Sergio aveva posato il cellulare su un comodino o una mensola.

E si era gettato dalla finestra.

Paolo Petti fissava Alba con una strana intensità. C'era qualcosa di rapace nello sguardo del vicequestore. Era noto per il pessimo carattere. Ma aveva più arresti all'attivo lui dell'intera Mobile romana. Sul suo conto circolavano voci contrapposte. C'era chi lo considerava una sorta di mito della Omicidi. E chi un corrotto e un pezzo di merda.

Alba non aveva ancora deciso, ma cominciava a propendere per la seconda ipotesi.

Si erano conosciuti quando lei era rientrata da Lione, dopo tre anni da recluta di belle speranze all'Europol. Erano finiti a letto nel giro di un paio di settimane. Alba aveva ceduto quando il sorriso a trentadue carati del vicequestore e la sua protervia di leggenda vivente le erano apparsi irresistibili. Ma non c'era stata una seconda volta. Paolo aveva commesso l'errore di essere se stesso: vanesio, arrogante, forse neanche troppo intelligente, e tecnicamente scarso. Alba si era ripromessa di tenersi alla larga. Un giro di giostra le era bastato.

E invece adesso aveva bisogno di lui. Senza la sua autorizzazione, il caso sarebbe stato archiviato in fretta.

Purché il prezzo da pagare non fosse troppo alto.

Petti era piuttosto seccato. Tutto questo doveva sembrargli una grandissima seccatura. Alba intuì che bisognava gettargli un osso. Almeno per guadagnare tempo.

Si sforzò di concentrarsi sul video. Sulle sue sensazioni. Il quadro d'insieme indicava una classica dinamica omicidio-suicidio. *Modus operandi* ricorrente in caso di depressione adolescenziale. Talora a base schizofrenica. L'apparente normalità del contesto non era rilevante. I genitori potevano aver deciso di tenere nascosta un'eventuale patologia del figlio. Oppure, i sintomi erano insorti di recente. O semplicemente, per qualche ragione che sarebbe rimasta per sempre sconosciuta, una sera di marzo Sergio aveva sbroccato e amen. Ma c'era il dettaglio. Il dettaglio che stonava. O meglio, il dettaglio che doveva esserci. L'aveva registrato un'area periferica del cervello. Ora si trattava di richiamarlo, definirlo con precisione e infine collocarlo nel suo esatto contesto. E gli andava attribuito un senso. Ammesso che un senso esistesse.

«Allora?» tornò a chiedere l'uomo.

Alba allargò le braccia. «C'è qualcosa, lo sento, ma... non saprei dirti... mi serve un po' di tempo...»

Il sussurro morbido con cui aveva esalato quella richiesta strappò a Paolo un sorriso compiaciuto. «Ventiquattr'ore non sono un granché, me ne rendo conto. Ma è quello che posso concederti, Alba. Non devo spiegarti come funziona qui. Servono risultati, statistiche, ci sono tanti casi aperti, e non vedo il motivo di complicarci la vita, una volta che è tutto chiaro...»

«Grazie, Paolo, mi farò bastare ventiquattr'ore.»
«Ma a una condizione, tesoro.»
«Sarebbe?»
«È tardi e io ho una certa fame. Ti andrebbe un boccone al Paradise?»
Il più classico dei *do ut des*, pensò Alba, con una punta di irritazione. Ma glielo doveva.
«Ok. È una buona idea.»

2.

L'odio è una cosa seria.
Odiare è un'arte.
Molti ci provano, pochissimi ci riescono, a odiare davvero.
No, meglio. A far male col proprio odio.
D'altronde, è noto: molti sono i chiamati, pochi gli eletti.
Il brillante psicopatico era fra costoro. Fra gli eletti.
Lui sì che era capace di odiare.
Il video era stato cancellato in fretta, ma lui era riuscito a recuperarne una copia.
Un video che guardava e riguardava in modo ossessivo. Perché a ogni nuova visione gli balzava all'occhio un passaggio decisivo, o addirittura una minuzia che non andava. E lui annotava con scrupolo errori, distrazioni e omissioni.
La prossima volta sarò più bravo.

Perché l'odio è una cosa seria.

Odiare è un'arte.

Lui sì che era capace di odiare.

E come chiunque, anche nell'odio aveva delle preferenze.

Odiava le donne. Puttane che quando gli conviene ti seguono ovunque con quegli occhi da cane umido e fedele, ma appena hai un momento di crisi, allora non vali più un cazzo, e figurati se al mondo non c'è di meglio, e che ti credi bello mio, che t'ho scelto per essere la tua serva o pulirti il culo quando sei malato? Puttane che te la sbattono in faccia e se provi anche solo a sfiorarle con un dito, cominciano a frignare e strapparsi le vesti gridando alla molestia, e si ritrovano subito circondate dalla solidarietà di una banda di froci ululanti come prefiche (si capisce che non le sfiorerebbero con un dito, quando mai!) e giù botte e insulti al malcapitato di turno. Donne, vestali piangenti della purezza oltraggiate dal maschio rapace. Che poi per un avanzamento di carriera o per prendere il tuo posto sono pronte a tutto, ma proprio a tutto, anche ai commerci peggiori. E non conta se sei migliore, più bravo, più leale, tanto loro sono donne, che gli frega, e alla fine vincono comunque. Tanto se pure il traguardo lo tagliate insieme, il fotofinish lo decidono le quote: "E no, mi spiace, amico mio, lei è prima, hai perso". "Ma come? Siamo arrivati insieme, al massimo è un pareggio." "E no, mi spiace molto, amico mio, lei è donna." Troie. Si stanno prendendo il mondo un pezzo alla volta, e noi lo permettiamo, abbiamo paura persino di respirare per non offenderle, le troie.

Così come era accaduto a lui. Per dire. Ma non era questo il motivo, no.

Odiava i politici. I magistrati. I sindacalisti. Categorie che il suo furore accomunava in erbaccia con cui comporre fascine da bruciare su roghi non per forza simbolici, sulla pubblica piazza, alla presenza di una folla plaudente. Venghino, signori, venghino, posti in prima fila allo spettacolo. Venghino. Mi prenoto per accendere il fuoco, grazie. Politici magnamagna. Sindacalisti ladri. Magistrati corrotti. Gentaglia che pensa ai cazzi suoi sulla pelle del prossimo. L'aveva sentito con le sue orecchie il sindacalista che si metteva d'accordo coll'amico del sindaco per spartirsi i soldi dei parchimetri. Mica tanti anni prima! Capirai, dice, quella è gente incredibile. Mangiano su tutto, e non cadono mai. Mai! Perché è chiaro: cane non mangia cane e dunque alla fine si proteggono sempre fra loro. E gli avvocati, poi? Boni quelli. Aprono bocca, manco c'è entrato il fiato e già t'hanno svuotato le tasche, e guai a fare finta di niente: ricattatori, sono. Non paghi? Allora io mi metto d'accordo col giudice e tu finisci dritto in prigione. Senza passare dal via e senza via d'uscita.

Così come era accaduto a lui. Per dire. Ma non era questo il motivo. No.

Odiava gli stranieri. La categoria comprendeva gente dell'Est e dell'Ovest, arabi e russi, gialli e neri, rossi e marroni, ocra, celesti e succursali. Una menzione a parte per gli zingari. Sporchi, lerci, ladri, accattoni, bugiardi, traditori, puzzolenti. Mantenuti dalle cure amorevoli dei politici e dei sindacalisti, protetti dai magistrati e dai preti. Gli zingari. Una componente indispensabile del gran circo del magnamagna. L'aveva sentito con le sue orecchie lo zingaro accordarsi col parroco per fare a mezzi di tutti quei bei soldoni che lui e la sua famiglia guadagnavano rivendendo la roba ripescata nei cassonetti della spazzatura. Che se la gente onesta scoprisse dove finisce quel bendiddio di cui uno si libera, ci penserebbe cento volte. Come un tempo, che i cappotti mica li davi via così, dopo una stagione! E loro lì, invece, zingari e preti e arabi e giudici e le facce da galera dell'Est, e mettiamoci pure quelle grandissime zoccole delle loro madri e sorelle, a spartirsi il bottino e a ingrassare mentre il popolo soffre.

Come era accaduto a lui. Per dire. Ma non era questo il motivo, no.

Odiava i professori. La categoria comprendeva: medici, fisici, astronomi, architetti, commercialisti, ingegneri (meccanici, elettronici, aerospaziali, esperti in abbattimento di suoni e smaltimento di rifiuti, e quant'altro). Li odiava perché una volta s'erano rubati, chissà come, un pezzo di carta e da allora se la rivendevano che solo io so, solo io posso dire, solo io posso fare... e il popolo giù, in fila fuori dalla porta, a chiedere sommessamente: Posso entrare o Come sto? E loro, se va bene, si degnano di elargirti un monosillabo con sufficienza, altrimenti è un vaffanculo più o meno esplicito… Vaffanculo! Ma vaffanculo tu, professore dei miei stivali! Che ti coprono d'oro e non hai mai lavorato un giorno e non capisci un cazzo, con tutte le arie che ti dài! L'aveva sentito con le sue orecchie il primario mettersi d'accordo con l'assistente, e allora a questo povero idiota gli prescriviamo sei TAC e due cicli di terapia, che tanto non servono a niente, ma almeno se ne va a casa contento. E pagante. Ché con questi manco 'na stretta di mano gratis!

Come era accaduto a lui. Per dire. Ma non era questo il motivo. No.

L'odio è soprattutto un'arte.

Proprio perché era capace di odiare, e sapeva che l'odio è un'arte, dopo qualche mese di frequentazione dei social si era rotto i coglioni e aveva delegato la faccenda a Yuri.

I social sono un ottimo sistema per alzare dei soldi.

L'odio sui social è un'eccellente fonte di guadagno.

Le agenzie pubblicitarie ci vanno a nozze con gli odiatori.

Ma.

Ma l'odio così, alla lunga, si neutralizza.

Diventa una cosina a modo. Come gli animali feroci nei film di Walt Disney.

Niente a che vedere con l'odio vero.

L'odio vero dev'essere diretto, mirato, selettivo. Solo così farà il suo mestiere di odio.

Distruggere.

L'odio dev'essere distruttivo o non ha senso.

Perciò consegnò i social a Yuri e concepì il suo progetto.

Ci mise del tempo a perfezionarlo, e quando gli sembrò che tutto fosse a posto decise di lanciarlo.

I primi risultati furono molto incoraggianti.

E andò avanti.

Si considerava un guerriero del POD in piena regola: un combattente nel segno del Perfetto Odio Distruttivo.

È ovvio che piccole insignificanti questioni, come, per esempio, il bieco risentimento, non devono minimamente inquinare la purezza del Perfetto Odio Distruttivo.

Pertanto, in quella scelta, non c'entrava niente ciò che era accaduto a lui, nel corso della sua vita.

Non c'era nulla di personale in ciò che aveva deciso di compiere.

Certo, quelli che lo avevano rovinato avrebbero pagato. Il primo era già stato colpito, e nel modo più atroce. Presto sarebbe venuto il momento degli altri.

Ma si trattava di un puro caso.

Non c'era nulla di personale, in fondo.

3.

Al Paradise, caffè musicale nel centro storico, chi aveva voglia poteva esibirsi sulla piccola pedana in fondo all'ambiente, che ospitava il bancone e una decina di tavoli. Quella sera toccava a due fratelli di Guidonia. Piano e chitarra, proponevano discrete versioni di classici degli anni Settanta e Ottanta, da Battisti al Banco del Mutuo Soccorso, passando per De André e Rino Gaetano.

Al Paradise si mangiava malino – in realtà non c'era nemmeno una vera e propria cucina, solo piatti precotti che venivano riscaldati in un microonde – ma si bevevano ottime birre artigianali e prosecchi di buona qualità. E Paolo non aveva conosciuto, nella sua lunga carriera di seduttore, una pupa che non fosse sensibile alle bollicine.

Adorava il Paradise. Aveva sempre un tavolo riservato e non gli permettevano mai di pagare. D'altronde, quel piccolo privilegio se l'era guadagnato. Per come si era sbattuto con i permessi e le altre rotture burocratiche.

Era chiaro che Alba aveva bisogno di lui. E lui non si sarebbe tirato indietro. Paolo il generoso. E alla fine, senza fretta, sarebbe arrivata la ricompensa.

Intanto, quest'assurdità del video era l'occasione che attendeva. Tanto per cominciare, un po' di tira e molla, ti do il tempo, non te lo do, ti seguo, ti cazzio e ti recupero.

Poi, al momento opportuno, la conquista del fortino!

«Uh, senti, *Don Raffaè*, quanto mi piace 'sta canzone! Ma, Alba, non hai toccato l'insalata di salmone e nemmeno il prosecco...»

«Ho trovato, Paolo. Ho trovato!» esclamò la donna in tono così squillante che dagli altri tavolini la fauna degli habitué del locale si voltò a guardarla. E un tizio le fece segno di abbassare la voce.

Lei si scusò, ma dal rossore che aveva preso a imporporarle le guance, Paolo capì che era davvero eccitata.

«Su, spiegami» concesse, paterno, affabile.

«C'era qualcun altro.»

«Qualcun… altro?»

«Col ragazzo. Con Sergio. C'era qualcun altro.»

Paolo sorrise. «Senti, Alba, sul posto sono intervenuti i carabinieri del comando di zona, che non saranno aquile ma il mestiere lo conoscono. Per la miseria, era una semplice perquisizione! E ti assicuro che quella casa l'hanno rivoltata da cima a fondo!»

«Non era in casa.»

«E allora, dove?»

«Prima di buttarsi, il ragazzo ha pronunciato delle parole.»

«Hai decifrato il labiale?»

«Certo. Dice: "Ho fatto ciò che dovevo".»

«E questo dove ci porta, scusa?» la provocò. «Il ragazzo parla. E sta bene. Ma è il classico dialogo con se stesso. Ho fatto quello che dovevo e quindi posso uccidermi. Tipico delle dinamiche omicidio-suicidio su base depressiva.»

«Non questa volta.» Alba pregustava una piccola rivincita. «Risponderesti a una domanda?»

«Certo.»

«A chi si rivolge il ragazzo?»

«Come, a chi? Parla al cellulare.»

«Ma non lo sentiamo nel telefono, mi pare.»

«Ha calcolato male la distanza oppure il microfono era da un'altra parte…»

«Dopo una preparazione così meticolosa? Maniacale? Non ci siamo. Dove guarda?»

«E che ne so» si spazientì Paolo. I musicisti intanto avevano attaccato *Gianna*, fra gli applausi. «Magari ce l'aveva con lo specchio!»

«In un certo senso.» Toccò ad Alba sorridere. «Ha parlato col suo pc.»

«Oh, cazzo.»

Paolo cominciava a capire. Guai. Quella ragazza portava solo guai.

Lei prese a spiegare, come se fosse stata la maestra e lui l'allievo. «Sergio programma tutto e si riprende col telefonino. Alla fine del video, dopo aver ucciso i genitori, pronuncia quella frase: "Ho fatto ciò che dovevo", ma guardando nel computer, non nel cellulare!» Ora lo fissava. Un po' inorgoglita, e molto, molto speranzosa.

Paolo decise di cogliere la palla al balzo. Con questo, i favori diventavano due. Il credito aumentava. E presto sarebbe arrivato il momento di riscuotere. «E sta bene. Vediamo che salta fuori da questo computer. Spero che siano stati tanto furbi da sequestrarlo.» Afferrò il telefonino e compose il numero del fidato maresciallo sovrintendente Mancuso. Poi si ricordò che al Paradise non c'era campo, si scusò e uscì.

Quando rientrò, dieci minuti più tardi, aveva la faccia scura.

Alba stava chiacchierando con uno dei due musicisti, un giovane col codino che, nel vedere Paolo avvicinarsi, le sussurrò qualcosa all'orecchio. Alba si mise a ridere, e scosse la testa.

Dopo che Paolo sedette al suo posto, il ragazzo tornò alla pedana degli strumenti, con un vago cenno di saluto.

«Che voleva quello?»

«In realtà sono stata io a chiedergli un pezzo.»

«Ah, sì? E quale?»

«*Anna e Marco*, di Dalla.»

«Ah. Qua invece andiamo male, mia cara.»

«Come male?»

I bravi colleghi dei carabinieri avevano intuito che sarebbe stato utile sequestrare il pc. Purtroppo, però, Sergio aveva avuto la pessima idea di portarlo con sé nell'ultimo volo.

«E non si è salvato l'hard disk?»

«Pare che sia tutto finito in briciole.»

«Incredibile!»

Petti allargò le braccia. «Temo proprio che...»

«Però abbiamo un'informazione in più» saltò su Alba.

Maestrina del cazzo. Voleva forse insegnargli il mestiere? A lui? Cominciava a dargli sui nervi.

«E sarebbe? Andiamo, non farti tirare le parole con le tenaglie!»

«Be', se lui si rivolge al pc, è per comunicare con qualcuno. Qualcuno che era al corrente del suo progetto. Qualcuno con cui era in contatto via Internet. E il ragazzo non voleva che questo qualcuno fosse individuato, così si è premurato di distruggere il computer. Ora, se noi rintracciassimo questo lui... o questa lei...» concluse Alba, come se fosse la più trita ovvietà, «potremmo scoprire perché...»

«Ammettendo che tu abbia ragione... chi potrebbe essere questa o questo sconosciuto?»

«Di solito i ragazzi tendono a stare fra loro. Si confidano tutto. Vivono in un mondo dal quale gli adulti sono esclusi.»

«E tu che ne sai?»

«Sino a pochi anni fa anch'io ero così.»

Paolo strinse i pugni. Che stesse cercando con un'allusione di sottolineare la differenza di età fra loro? Doveva ammettere, però, che il ragionamento aveva una sua logica. Peraltro... «Bene. E supponiamo che l'amico del cuore, o l'amica del cuore, sapesse qualcosa...»

«Te l'ho spiegato. Ci aiuterebbe a capire il perché.»

Va bene, la ragazza era in gamba. *Chapeau.* Ma se anche Sergio avesse condiviso le sue fantasie con un amico, per poi metterle in atto, a cosa avrebbe portato la scoperta dell'identità di costui? A rovinare la vita a un altro sedicenne? «Se fossimo sociologi o psichiatri, tutto questo sarebbe molto utile. Ma il nostro compito è scovare i criminali, reprimere, e se possibile impedire, i delitti. E qui certo di delitti ne sono stati commessi, ma il reo è defunto. Perciò, caso chiuso.»

«Certo» sussurrò Alba, «ma se non fosse così?»

«Che intendi?»

«Se qualcuno l'avesse condizionato?»

«Questa sarebbe un'intuizione?»

«No, ancora no» si ritrasse lei, imbarazzata, «però magari... ricordi il caso della ragazza massacrata su Facebook per i video porno? Ci fu tutto un dibattito se chi aveva postato i filmati...»

«... l'avesse istigata al suicidio. Be', se non sbaglio fu archiviato.»

«Sì, ma qui potrebbe essere diverso.»

«Hai elementi per affermarlo, oltre alle tue sensazioni?»

Alba chinò il capo. E non si accorse del sorrisino perfido che era spuntato sulle labbra dell'uomo. Allora tutto si basava su un'intuizione. Che poteva persino essere giusta. Ma... se si fosse presentato dal pubblico ministero chiedendogli di aprire un fascicolo (e a carico di chi, poi? di ignoti?), se si fosse presentato con quella vaga sensazione, gli avrebbero riso dietro. Per non parlare dell'ossessione delle spese. E quanto ci costa questo? E quello? E i risultati? E i criteri di economicità della gestione? L'etica e la buona politica imponevano di finirla lì.

«Il caso è chiuso, Alba.»

«Concedimi due o tre giorni per qualche indagine supplementare.»

Un tempo Paolo aveva avuto una fidanzata nera, una ragazza di Parigi metà senegalese per parte di madre. Un autentico schianto. Quando voleva ottenere da lui qualcosa di speciale, lo guardava proprio come Alba in quel momento. Con "occhi di gazzella". E lui finiva ogni volta per acconsentire. Poi a letto erano capriole oceaniche.

Pertanto: etica e buona politica vadano a farsi fottere. E quindi poteva accettare. «Sì, ma dovrai vedertela da sola» concesse con sussiego da re. Terzo favore. Sarà mia premura ricordartelo, zuccherino, al momento adatto...

La ragazza si alzò, gli stampò un bacio sulla fronte e, senza aggiungere altro, fuggì dal Paradise.

Stronza. Fredda. Meccanica. Paracula.

Risuonavano le note di *Anna e Marco*. A Paolo sembrò che il musicista fermatosi a conversare con Alba lo fissasse con un'espressione beffarda.

«Ma che hai da guardare, stronzo?» sussurrò, ricambiando lo sguardo.

Quello, di rimando, accennò un sorrisetto che assomigliava decisamente a uno sfottò. Questa, almeno, fu l'impressione di Paolo.

Ma non era solo un'impressione. Poco prima, scambiando due chiacchiere con Alba, il musicista le aveva chiesto se il tipo sovrappeso che si dava un sacco di arie fosse suo padre.

E lei, piegata in due dalle risate, gli aveva risposto: «Figurati. È uno dei miei capi e vorrebbe portarmi a letto».

4.

Le ragazze e i ragazzi che avevano voluto bene a Sergio, e quelli ai quali era indifferente, e anche quelli che lo avevano detestato, faticavano a trattenere le lacrime, e per una volta gli apparecchi tacevano e non c'era nessuno a imporre il silenzio o a raccomandare il giusto contegno. Perché Sergio non c'era più, e sembrava che il mondo si fosse fermato. Sergio non c'era più, e loro si domandavano: "Com'è potuto accadere?". E nessuno aveva uno straccio di risposta. Nessuno, né adulto né giovane. E tutti si chiedevano, nello stesso tempo: "Poteva capitare a me? Può capitare a mio figlio? Avrei avuto il coraggio di farlo? Avrebbe il coraggio di sparare?".

Sergio non c'era più, e i ragazzi avvertivano che la loro vita sarebbe cambiata per sempre. La vita che poteva finire da un momento all'altro.

E proprio perché erano disperati, si cercavano l'un l'altro, corpo contro corpo, mano nella mano, e osservavano fra le lacrime la sagoma del prete che impartiva la benedizione alle tre bare, e nessuno si chiedeva se Santa Madre Chiesa avesse fatto bene ad accogliere l'ultimo viaggio del suicida.

C'era, fra gli altri, un giovane che si sentiva morire dentro.

Si chiamava Guido e aveva sedici anni, come Sergio. Era alto, dinoccolato, con i capelli scuri e lisci e un accenno di lanugine sul mento che presto sarebbe diventata barba. Barba da giovane uomo.

Guido si sentiva morire dentro perché custodiva un segreto. Ma doveva rivelarlo o tacere?

Quando la notizia era circolata, e aveva detto al padre: «Eravamo così amici, ora vorranno sapere da me di lui», il padre aveva scosso la testa. Be', meglio di niente, come segno di attenzione.

Poi era arrivata la poliziotta, e Guido, come gli altri, si era difeso. Perché i ragazzi si difendono sempre dagli adulti, e non vogliono intrusioni nel loro mondo. Aveva avuto l'impressione che la poliziotta non gli avesse creduto, e a un certo punto, quando le domande erano diventate insistenti, l'aveva mandata a quel paese: «Ma non capisci che è morto un mio amico, che cazzo vai cercando?». Era stata una scena convincente. Il preside, don Felice, era intervenuto subito rimproverando la guardia. Quella si era scusata e finalmente aveva lasciato andare Guido.

Ma bastava il fatto che "noi siamo ragazzi e loro adulti" a giustificare il silenzio? Se lui era a conoscenza di qualcosa, non era forse suo preciso dovere rivelarlo a qualcuno? Non per forza alla polizia, ma, metti, alla prof di lettere, che con Sergio aveva un feeling eccellente. E infatti eccola che piange, e scuote la testa, in prima fila, e non riesce a darsi pace. O a don Libero, il confessore, un prete vecchio, saggio e sorridente. Oppure allo stesso preside... Al San Francesco insistevano in maniera ossessiva sul valore della verità, e suo padre... Avesse avuto almeno una madre con cui confidarsi, invece... Perché doveva portare sulle spalle quel peso enorme? Perché nessuno lo prendeva per mano e gli diceva: "Ci penso io"?

E se avesse parlato con la guardia? Gli era persino sembrato di vederla, al funerale... Ma parlare non significava tradire Sergio?

L'officiante ringraziò tutti e al momento di impartire la benedizione il palmo tremolante della destra sbatté contro il microfono, provocando un suono stridulo e prolungato. Ricordava il pianto di un cucciolo, il lamento di una creatura abbandonata.

Guido si prese la testa fra le mani. Ma che poteva fare? Cosa doveva fare?

I ragazzi iniziarono a sciamare a capo chino verso l'uscita.

Guido si trovò all'improvviso fianco a fianco con Chiara, la biondina della terza A. Si conoscevano appena. Ma l'aveva sempre considerata una giusta. Però rimase molto sorpreso quando lei gli strinse il braccio e gli sorrise.

«Tu e Sergio eravate molto amici.»

«Sì.»

«Uno di questi giorni, parliamo un po' di lui. Ti va?»

«Se vuoi...»

«Allora ci vediamo.»

«Ci vediamo.»

Aveva percorso un centinaio di metri, quando si sentì chiamare.

«Guido! Guido, scusa...»

Si voltò. Ah, non si era sbagliato! La guardia era davvero venuta al funerale. Provò un impulso rabbioso, strinse i pugni e fece per riprendere la sua strada.

«Aspetta, questo è tuo!» La poliziotta gli stava porgendo un oggetto rettangolare nero. Guido guardò meglio. Un iPhone.

«Ma che cavolo...»

«Credo che ti sia caduto prima, in chiesa.»

Il giovane si frugò nelle tasche. La guardia aveva ragione. Quello era proprio il suo cellulare. Se ne impossessò con un gesto deciso, ringraziò con un cenno e ricominciò a camminare.

Strano, pensò, la poliziotta non mi ha chiesto niente.

Forse mi ha creduto.

Alba lo vide allontanarsi, immerso nel suo dolore. Che fosse proprio dolore non potevano esserci dubbi. Così come non c'erano dubbi che quel ragazzo, Guido, le aveva mentito. Non solo, come aveva raccontato il preside, era l'amico del cuore di Sergio, ma doveva essere a conoscenza di qualcosa. Qualcosa di grave.

Guido mentiva. Era proprio per affrontare situazioni come quella che lei aveva appreso le tecniche per leggere il linguaggio del corpo.

E dunque Alba era stata costretta a impossessarsi dell'iPhone del ragazzo e spararagli dentro un *keylogger* che le avrebbe permesso, diciamo così, di conoscerlo meglio.

5.

Era passata una settimana dal fatto di Sergio. Da due giorni Guido si presentava con insolita puntualità all'ingresso del San Francesco. Lui, un inguaribile pigro... Parcheggiava lo scooter in mezzo agli altri. Si levava il casco. Salutava qualcuno a caso. Aspettava che i compagni entrassero. Ma non li seguiva.

Il terzo giorno, Chiara lo affrontò.

«Ciao.»

«Ciao.»

«Perché ti comporti così, Guido?»

«Così come?»

«Hai capito benissimo. Perché non entri?»

«E a te che te ne frega, scusa?»

«È per Sergio, no?» azzardò lei, dolce, quasi in un sussurro.

«Fatti i cazzi tuoi.» Guido le voltò le spalle e andò a sedersi sul motorino.

Chiara abbozzò un sorriso e si mescolò allo sciame dei compagni che si affrettavano verso le aule.

Lui se ne restò, immobile, a fissare il traffico che scemava con lentezza. Attese l'ingresso degli ultimi, trafelati ritardatari, e con un sospiro si preparò a indossare il casco.

Qualcuno lo toccò sulla spalla.

Guido si girò, indispettito.

Era Chiara. «Non entro neppure io. Vengo con te.»

«Lasciami in pace.»

«Non ci penso proprio.»

«Oh, ma che cazzo vai cercando da me?»

Chiara gli prese la testa fra le mani e lo baciò.

Più tardi, mentre passeggiavano accanto all'Arco di Costantino, lui le confidò che trascorreva le mattine in quel modo, da quando aveva deciso di lasciare la scuola.

«Passeggio. E penso.»

«Lasciare la scuola? È stupido! Vai pure bene.»

«Mah, forse dopo avrò voglia di tornare. Per adesso, però...»

«E coi tuoi come fai?»

«Mio padre se ne frega.»

«E tua madre?»

E sua madre non c'era più. Una mattina lui era uscito per andare a scuola, era un pischello, allora, un pischello di seconda media. Se ne stava in palestra, per una di quelle preziose ore di ginnastica, «Mi pare che stavamo giocando a pallavolo». Era entrato il preside, la faccia scura, e aveva rivolto un cenno al professore di educazione fisica, e quello aveva fatto segno a lui di seguirlo, e...

«Mi ricordo solo due parole: incidente, disgrazia... nient'altro. Manco se ho pianto, mi ricordo.»

Continuavano a tenersi per mano. Quella di lui era fredda, asciutta. Chiara desiderava baciarlo ancora, e ancora. Ma non era il momento.

«Poi il dolore un po' è passato, no, Guido? E sei stato meglio.»

«Un po', sì.»

«Passerà anche questa storia di Sergio. Io ti starò vicina, vedrai...»

Lui tacque. Ripresero la via del centro. Finirono alla libreria-bar di via della Gatta. Ordinarono due centrifughe.

Chiara lo guardava, lungo e un po' imbranato, con un principio di barba e gli occhi che acquistavano vita minuto dopo minuto, e le venivano in mente aggettivi come "dolce", "tenero". E "disperato". E cresceva la voglia di vincerla, quella disperazione. Di prenderla a cazzotti, di bruciarla, di stracciarla, di cancellarla per sempre.

A lui, invece, le mani diventavano calde. E un sentimento di calore prendeva possesso, un po' alla volta, anche del suo cuore. «No, Chiara, è che...»

«Su, avanti. Cos'è che ti tormenta, Guido?!»

«Sergio m'ha raccontato certe storie... ma io c'ho paura a parlarne.»

6.

Per un paio di settimane non accadde niente. Il tempo concesso ad Alba era spirato tristemente. Il caso era stato archiviato come omicidio-suicidio.

Ma visto che grazie al *keylogger* poteva controllare in remoto le comunicazioni di Guido, la poliziotta decise di concedersi comunque qualche altro giorno. La sensazione che qualcosa potesse accadere, all'improvviso, era molto forte. Così come il senso di un pericolo imminente. Nella sua mente si andava formando una convinzione. Per il momento era ancora nebulosa, indefinita. Ma se corrispondeva in parte al vero, di tragedie come quella di corso Trieste ne sarebbero capitate altre. Se fosse accaduto, sarebbe stato senza dubbio molto grave. D'altro canto, se fosse accaduto, nessuno le avrebbe più imposto limiti di tempo o di budget. Invece, anche sul fronte Guido, tutto sembrava inerte.

Il giovane si era legato a una coetanea, Chiara. Si erano scambiati foto e pensieri da ragazzi. Ed erano usciti insieme un paio di sere. Lei era carina e lo aveva aiutato a superare una piccola crisi scolastica. Per comunicare usavano il classico gergo degli adolescenti, ma con una certa delicatezza che sorprese Alba.

I ragazzi sono meglio di come ce li rappresentiamo. Avrebbe dovuto ricordarlo a Paolo, che per loro aveva sempre una parola astiosa.

Paolo. Che continuava a ronzarle intorno. Prima o poi avrebbe dovuto essere più esplicita con lui. Più sincera. O avrebbe pensato che si stava divertendo a comportarsi da stronza.

Il che, forse, non era lontano dal vero.

Poi, una sera, di ritorno dal lavoro, si era appena messa davanti al tablet per un controllo di routine, con una centrifuga mela-zenzero-carota, uno yogurt greco magro, una tisana alla verbena e poche, pochissime speranze di approdare da qualche parte, e Guido ricevette un WhatsApp da Chiara.

"Puoi parlare?"
"Papà fra i piedi. Manda mess"
"Quella cosa che mi hai detto oggi… era vera?"
"Quale?"
"Quella di Sergio e di quel tipo della Rete"

Alba esultò. Ci siamo! Ci siamo! C'era un tipo in Rete! Era a lui che il ragazzo si era rivolto prima di suicidarsi. Ci siamo! E lei l'aveva capito subito! Immediatamente!

Guido non rispondeva. «Andiamo» sussurrò Alba, «andiamo... sei stato tu a confidarti con lei. Ne avevi voglia. Andiamo, ormai si è aperta una crepa, buttiamolo giù 'sto muro.»

"Guido ci sei ancora? Vuoi rispondermi? Quella cosa?!"
"È vera"

Alba si mise a saltellare dalla frenesia. E vai! E vai!

"Tu ci hai mai parlato?"
"Con chi?"
"Col tipo"
"No, mai"
"Lo hai visto?"
"Non so che faccia ha"
"Guido..."
"Adesso devo andare"

La conversazione cessò. Alba restò a monitorare il ragazzo finché quello non impostò la sveglia e se ne andò a dormire.

Allora la sua intuizione era giusta!

Sergio comunicava con qualcuno. Ma in che modo?

In chat? O via mail? Il computer era distrutto. Dal telefono non era emerso niente.

Eppure qualcosa c'era. E Guido doveva saperne molto!

Sì, l'intuizione era giusta. Ma come procedere?

Alba afferrò il cellulare, digitò un numero, ma s'interruppe a metà dopo aver lanciato un'occhiata all'orario. Quindi ci ripensò e quel numero lo compose, questa volta sino in fondo.

Paolo Petti se ne stava sul divano di casa avvolto in un kimono di seta, ricordo di un congresso scientifico a Kyoto. Sorseggiava Sauvignon ghiacciato (meraviglioso quell'aspro sentore di pipì di gatto) e rivedeva per l'ennesima volta la seconda stagione di *The Fall.* Non si sarebbe mai stancato di fantasticare su Gillian Anderson nei panni della detective Stella Gibson. Bionda, in egual misura algida e sensuale, single e un po' mignotta, inequivocabilmente attratta dal genere maschile, lì rappresentato dal bel tenebroso Jamie Dornan nel ruolo di un complesso e intrigante serial killer. Quella stronza di Alba aveva una certa somiglianza con la Anderson. Nel portamento, nello sguardo, nella voce. Certo, lei era molto più giovane, e questo era di sicuro un vantaggio.

A letto non si era rivelata un granché: per intenderci, esigente, ma poco generosa. Tuttavia, con il fisico che si ritrovava, una prova d'appello bisognava concedergliela!

La suoneria del cellulare si sovrappose a una scena d'azione con annesso commento musicale. Paolo lanciò un'occhiata infastidita al display. A quest'ora? Ma quando lesse proprio il nome di Alba si affrettò a rispondere. Era curioso. E in fondo contento che lei l'avesse cercato in un orario così strano. Fu un «Paolo...» roco e allusivo, che si sentì soffiare all'orecchio al terzo squillo. La ragazza stava forse mettendo la testa a posto, e alla fine aveva deciso di arrendersi al suo fascino?

«Ciao, Alba. Sono felice di sentirti.»

«Ho un contatto!»

«Scusami» ribatté lui, incerto, dopo una breve pausa, «di che stai parlando?»

«Del ragazzo di corso Trieste, Sergio. Ho scoperto...»

«Mi hai chiamato nel cuore della notte per questo?»

Il tono gelido di lui le arrivò dritto come uno schiaffone. «Be', ancora non è mezzanotte» tentò di difendersi, cauta.

«Di qualunque cosa si tratti, ne discutiamo domani in ufficio.» E troncò la conversazione, omettendo persino i saluti.

Alba capì di aver commesso un brutto errore, e cercò di rimediare con un WhatsApp.

Quando lo lesse, Paolo montò su tutte le furie.

Ragazzina. Stupida. E in malafede. Incredibile! Anche il messaggino di scuse!

La mattina dopo, quando lei lo informò della scoperta e dei metodi che aveva impiegato per arrivarci, lui la scorticò viva.

«Hai idea di quanto potrebbe costarci la tua bravata, se si venisse a sapere?»

«Paolo, era l'unico modo per superare la diffidenza del ragazzo! Certo, al momento l'informazione è inutilizzabile ma...»

«"Inutilizzabile" è il nuovo eufemismo per "reato"? Mai sentito parlare di "intercettazione illecita di comunicazioni informatiche o telematiche"? Da quant'è che non rileggi l'articolo 617 quater del codice penale? Rischi una condanna da uno a cinque anni.»

«Oh, io... qui potremmo essere alle prese con un omicidio...»

«"Potremmo", "l'intuizione". Ti ho già dato troppa fiducia, Alba. E hai dimostrato di non meritarla. La storia finisce qua. Un'altra parola e la invio io, la segnalazione. Al procuratore della Repubblica, però. Non voglio che intercetti più quel ragazzo... come si chiama?»

«Guido. Ma...»

«E niente "ma" e niente "se". Speriamo soltanto che questo Guido non se ne accorga. È tutto.»

Alba si avviò verso la porta dell'ufficio, delusa, ferita, incazzata.

Paolo attese che fosse sulla soglia prima di richiamarla. «A meno che...»

«A meno che?» reagì lei con prontezza, voltandosi di scatto.

Petti le andò vicino e le prese una mano fra le sue. «Dovremmo riprendere un certo discorso, noi due.»

Alba capì che non poteva più nascondersi. Era all'ora-o-mai-più. Certo. Ne andava del caso. E della carriera. Ma anche la dignità ha un suo peso, a 'sto mondo. «Magari un'altra volta» sussurrò, sfilandosi dalla presa.

«E perché non adesso, tesoro?»

«Perché... devo andare» sibilò, sforzandosi di sorridere.

«Alba, Alba... stai gettando al vento la tua grande occasione.»

«Devo andare» ripeté, con più forza.

Il sorriso di Paolo si spense, e lasciò il posto a una maschera gelida. «Non eri così schizzinosa, qualche tempo fa, cara.»

«Ti credevo più gentiluomo.»

«Se è per questo, io ti credevo meno stronza. Ma fa' come ti pare. Sei tu a rimetterci, tesoro.»

Lei se ne andò, senza voltarsi.

Paolo si accese una sigaretta (dopotutto, era la sua stanza, 'fanculo ai divieti), telefonò al gabinetto del capo della polizia e chiese un elenco di posti da dirigente scoperti in sedi disagiate. Con particolare riferimento alle valli bergamasche, alla Sardegna e alla Calabria jonica.

7.

La primavera avanzava, le giornate si allungavano, le ragazze fiorivano nei loro abitucci. Alba era di sicuro la più vecchia, in quella birreria accanto a ponte Milvio, il ponte dei lucchetti e delle "moccine", presidiato a quell'ora da un vociante pischellume. Eppure, appena pochi anni prima, era stata una di loro. E, per un certo verso, si sentiva ancora di appartenere a un mondo non del tutto adulto.

Paolo era una merda.

E ad Alba, ecco la vera novità, non gliene fregava un accidente.

Che si illudesse pure di averla fermata. Che pensasse pure di aver vinto.

Lei continuava.

Punto.

Piuttosto, si domandava da dove le venisse quella sicurezza.

Di essere nel giusto, di poter ignorare gli ordini dei superiori, di violare le leggi.

Se Paolo avesse alzato un dito, uno solo su di lei… gliel'avrebbe fatta pagare.

Aveva sentito montarle dentro una rabbia gelida.

Omicida.

Ma era riuscita a dominarsi.

Decisa a procedere per la sua strada senza scrupoli.

Con leggerezza, pensando al risultato e basta.

Dove l'avrebbe portata tutto questo?

Be', intanto stava cominciando a conoscersi un po' meglio.

Il ragazzo, dunque. Anzi, i ragazzi. Guido e Chiara si erano dati appuntamento in birreria, per la precisione nel cortiletto del locale, per le cinque del pomeriggio.

Una mezz'ora prima, Alba si era appropriata del tavolino dove ora sedeva insieme a loro. Sedeva, e aspettava che smaltissero la rivelazione.

«Conoscete un *keylogger*?»

«Una specie di spia» scattò Chiara, sospettosa.

Vivace, la ragazzina.

«Preferirei definirlo uno strumento di cattura, che registra tutte le pressioni delle dita sul display di un telefono. Allora, Guido, da un paio di settimane tu ne hai uno nel cellulare.»

«E chi cavolo...?»

«Io. Sono stata io.»

«Che cazzo sta dicendo?»

E questo era lui. Torpido come un orso appena uscito dal letargo. Sempre qualche passo indietro rispetto a Chiara.

Il momento di sospensione durava da troppo. Lei che prende la mano di lui, e cerca di sollecitare una reazione. Lui che dondola il testone e sbuffa. Sempre più agitato.

Alba elargì un sorriso rassicurante. «Dovete raccontarmi di Sergio. Quello che avete taciuto quando siete stati interrogati. Può essere importante, credetemi.»

Guido sollevò con lentezza lo sguardo e lo puntò sulla poliziotta. «Quindi lei sa tutto di me?»

«Parecchio, ma non mi riguarda. Mi interessa il tipo che Sergio aveva conosciuto in Rete.»

«Ma è legale? Spiare così, intendo.»

«No. E potresti denunciarmi. Anche tu, Chiara.»

«Sono sorvegliata anch'io?»

«Indirettamente. Ma sì, certo. Anche tu.»

«Perché?» chiese lei.

«Perché potrebbe succedere ancora e io vorrei evitarlo.»

«Cioè... Sergio non ha agito da solo?»

Guido si era come isolato, mentre Chiara mandava avanti il dialogo. E sembrava catturata.

Alba sentì che forse l'avrebbe spuntata, e decise di stringere i tempi. «Ne sono quasi sicura.»

«Quasi.»

«Senza "quasi". Ascoltate, non posso riuscirci se non mi date una mano. Dipende solo da voi.»

Il ragazzo scattò in piedi. La sua birra volò per aria. Dai tavoli accanto partirono occhiate sospettose. «Vaffanculo, pezzo di merda.» Più che un grido, aveva lanciato un sibilo roco. Incattivito. E, comunque, non aveva alzato le mani.

«Mi dispiace» sussurrò Chiara. Poi gli accarezzò il braccio e gli ordinò di tornare al suo posto. In un modo dolce e perentorio che strappò una smorfia di ammirazione alla poliziotta.

Lui tornò a sedere, con un sospiro rassegnato. «Che vuole sapere?»

«Tutto.»

Il giovane annuì e cominciò a parlare.

Un giorno Sergio si era presentato con un tatuaggio. Rappresentava una specie di uccello. Guido gli aveva chiesto da dove veniva quell'immagine. «Dalla Rete» aveva risposto l'amico. E non aveva voluto aggiungere altro. Da quel momento, dal momento del tatuaggio, era cambiato. Era diventato scontroso, chiuso. Però un po' alla volta Guido l'aveva convinto a raccontargli qualcosa.

«Perché di me si fidava. Era certo che non lo avrei tradito.»

«E allora?»

«Be', lui frequentava una chat di pischelli, ragazzi come noi, niente di particolare. Poi è arrivato uno, uno strano. E piano piano Sergio ha cominciato a seguirlo.»

«In che senso?»

«Seguirlo, tipo uscire dalla chat e scambiarsi messaggi, fotografie, video eccetera.»

«Sul suo cellulare non abbiamo trovato niente.»

«Perché ne aveva un altro, che usava per parlare con questo tizio.»

«E tu sai dove trovarlo, quest'altro telefono?»

«No, mi dispiace» rispose il giovane, dopo una breve esitazione.

Chiara, che si era arrotolata una sigaretta, e seguiva la conversazione con aria concentrata, insorse: «Non fare lo stronzo. Per favore, Guido».

«Ma se le ho detto tutto!»

La ragazza si rivolse alla poliziotta. «Il cellulare è finito nel Tevere. Sergio ce l'ha gettato il giorno prima del... del fatto.»

Perché era stato programmato. Perché qualcuno si era impossessato della sua fragile mente e aveva cominciato a governarla. E l'aveva diretta fino al fondo dell'abisso.

«Guido, Sergio cosa ti ha raccontato di questo... tipo?»

«Lo considerava un grande. Ma aveva anche paura.»

«Tutto qui?»

Ancora una volta, Guido fissò Chiara, come in cerca di una tacita approvazione. E ancora una volta, lei lo esortò a continuare.

«Si faceva chiamare "Maestro". Io una volta ho chiesto a Sergio se... se potevo conoscerlo. Da come lo descriveva doveva essere affascinante.»

«E lui?»

«Glielo domandò, e quello rispose che nessuno può trovare il Maestro, perché il Maestro cerca e non si lascia trovare. È tutto.»

Alba fissò i ragazzi. «Chi di voi è bravo in disegno? No, perché questo tatuaggio mi piacerebbe vederlo. Avanti, chi se la sente?»

8.

Dallo schizzo piuttosto rozzo di Guido, Alba capì comunque che il tatuaggio poteva raffigurare un'aquila, o un altro grande rapace. Convinse i due a seguirla a casa, e insieme a loro avviò in Rete una ricerca per immagini. Dopo averne vagliate un centinaio, Guido ne individuò una più o meno simile. Alba cancellò il *keylogger* dalla memoria del cellulare del ragazzo, liberò Guido e Chiara, e si dedicò al Falco di Kashemugo.

Non l'aveva mai sentito nominare, ma bastò una rapida ricerca per raccogliere un po' di materiali interessanti.

> Narra un'antica leggenda che il samurai Wanabe era innamorato di una dolcissima fanciulla di nome Aomami. Anche Aomami era perdutamente innamorata di Wanabe, e i due si erano promessi eterna fedeltà. Ma il crudele signore Shinozu mise gli occhi sulla fanciulla e la chiese in sposa. Lei ringraziò il signore per l'onore che le procurava, ma gli disse che era legata a Wanabe, il suo innamorato. E che lo sarebbe stata per sempre. Allora Shinozu la fece rapire dai suoi sgherri, le usò violenza e la costrinse a vivere presso di lui come concubina.
>
> Wanabe ne ebbe il cuore spezzato, ma non poteva opporsi al volere di Shinozu, per quanto crudele e ingiusto fosse, perché glielo impediva il codice d'onore del samurai. Ma tale e tanto era il dolore che l'affliggeva, e

che affliggeva anche la dolcissima Aomami, che gli dèi, mossi a pietà, decisero di intervenire.
E così, un bel mattino, la dolce fanciulla e il nobile samurai furono trasformati in due uccelli liberi di volare nell'aria, il maestoso falco nero e la sua compagna. Ma il crudele Shinozu, che si era visto defraudare della sua preda e che aveva perso il più bravo e generoso dei suoi samurai, protestò presso il consiglio degli dèi, invocando a gran voce la restituzione della donna e del guerriero. Gli dèi cominciarono a discutere, e più discutevano, più cresceva il disaccordo fra chi riteneva che si dovesse consentire agli innamorati di vivere in pace la propria vita, perché questo chiedevano le ragioni dell'amore, e chi invece sosteneva che si dovesse rimediare al torto subìto dal signore Shinozu, perché questo imponevano la tradizione e il rispetto dei più sacri princìpi dell'onore.
Si giunse così al voto in una situazione di perfetta parità. E poiché non sembrava esserci via d'uscita, quando un dio minore, il signore dei laghi, metà d'acqua salata e metà d'acqua dolce, propose una soluzione equanime – per sei mesi all'anno i due amanti avrebbero servito, nei rispettivi ruoli, il loro signore, e per gli altri sei mesi sarebbero stati liberi di vivere la loro vita di falchi senza padrone – Shinozu accettò con una certa riluttanza, ma accettò.
Dopo che la decisione degli dèi fu comunicata ai due amanti, essi si scambiarono uno sguardo e il falco maschio, cioè Wanabe, uccise con un colpo di becco la bel-

la Aomami, e reggendone sulle ali il corpo ancora caldo si precipitò a tutta velocità contro la cima appuntita di un monte, sulla quale andò a schiantarsi, morendo poco dopo la sua amata. Perché per chi ama davvero, l'amore è più importante della vita. Perché per chi vive da spirito libero, una morte onorevole è preferibile alla schiavitù.

Il testo s'intitolava *La leggenda del Falco Nero e della sua compagna*, ed era attribuito, da più di un sito, a un certo Kashemugo, presunto poeta di corte al servizio di Takakura, ottantesimo imperatore del Giappone. All'incirca nell'anno milleduecento.

Peccato che un poeta di nome Kashemugo non fosse mai esistito. In ogni caso, non risultava da alcuna fonte attendibile che avesse mai servito sotto Takakura.

Ma la Rete non è altro che un'autostrada sulla quale insistono svincoli di ogni genere. Si tratta soltanto di imboccare quello giusto.

La leggenda del Falco Nero era stata creata nei primi anni Ottanta da tal Ashley W. Bruyne, un autore di fantasy che aveva ambientato una quindicina di romanzi in un immaginario Giappone d'altri tempi. Inventato di sana pianta a uso e consumo di un pubblico occidentale, peraltro non troppo ampio.

Per qualche misteriosa ragione, qualcuno aveva ripreso la leggenda rendendola, se non popolare, quantomeno diffusa in Rete.

Quanto al disegno che avrebbe potuto dar origine al tatuaggio, si trattava di un dipinto dal titolo *Preferire la morte al disonore*, opera di un artista effettivamente giapponese – Taguchi Maitano – attivo negli anni Novanta in prevalenza tra Inghilterra e Australia. L'originale era di proprietà di un privato, ne circolavano però, secondo alcuni siti d'arte, almeno quindici o venti copie dipinte dall'autore in persona.

Taguchi Maitano era morto giovane, non senza aver lasciato scritti piuttosto inquietanti nei quali si inneggiava alla grandezza imperiale di un tempo, lamentando la corruzione dei costumi e augurandosi una Hiroshima a stelle e strisce, il tutto condito da continui riferimenti al "luminoso esempio di Yukio Mishima", il famoso scrittore tradizionalista che aveva commesso *seppuku* nel 1970. Icone di destra, fascisti deliranti, codici del samurai. Questo c'era all'origine del falco che il misterioso mentore aveva convinto Sergio a tatuarsi sul polso. Prima del suicidio.

E dell'omicidio dei genitori.

La sera era scesa da un pezzo, e anche se la temperatura si manteneva mite, Alba aveva freddo. Le sue peggiori previsioni si stavano avverando.

In Rete girava un mucchio di paccottiglia nazi. A volte, come in questo caso, col condimento di una qualche cineseria d'accatto.

Ciarpame, certo.

Ma c'era chi lo prendeva sul serio.

E lo eleggeva a ragione di vita. Meglio: di morte.

Si era decisamente imbattuta in una brutta storia.

Con un sospiro, digitò "falco di kashemugo taguchi

maitano forum". Raccolse una ventina di occorrenze. E si mise a esplorarle con pazienza.

Per la maggior parte si trattava di comunità di destra, più o meno estrema. Il simbolo del falco era anche amato da certi gruppi ultrà.

Un'ora dopo approdò a IL VOSTRO ODIO. Era un forum al quale si poteva accedere solo a condizione di postare un testo o un'immagine che contenessero espressioni di odio verso qualcosa o qualcuno.

Alba postò il falco di Kashemugo e un generico insulto a negri e zingari. Dopo alcuni secondi di vuoto, comparve una scritta lampeggiante:

"Benvenuto nel Gioco del Falco".

9.

"Siate ardimentosi come il falco nero di Kashemugo
Tatuatevi sul polso sinistro un falco nero
Alzatevi per due notti consecutive alle 3 e restate a fissare lo schermo del vostro computer
Alzatevi per due notti consecutive alle 4 e restate a fissare lo schermo del vostro computer
Con un rasoio incidete una linea retta sul palmo della mano sinistra
Rubate le chiavi dell'autovettura di vostro padre o di vostra madre e gettatele in strada
Spogliatevi fate una doccia fredda e senza asciugarvi chiudetevi in una stanza buia

Spogliatevi fate una doccia bollente e senza asciugarvi chiudetevi in una stanza buia
Svegliatevi alle 4 per due notti consecutive e salite sul tetto del vostro palazzo
Tagliatevi il labbro
Passate una fiamma rovente sul palmo della mano sinistra
Colpitevi con pugni sulla bocca dello stomaco sino a perdere il respiro
Salite sulla spalletta di un ponte e restate in equilibrio
Passate un giorno intero senza parlare con nessuno
Rubate il portafogli di vostro padre o di vostra madre e bruciate tutti i soldi che vi trovate tagliate le carte di credito distruggete i documenti
Il Maestro vi dirà quando dovrete affrontare la prova suprema e voi dovrete dirvi pronti ad affrontarla
Alzatevi per due notti consecutive alle 3.30 e passeggiate lungo i binari della ferrovia
Siate sempre più ardimentosi come il falco nero di Kashemugo
Eseguite gli ulteriori diciannove compiti che vi verranno assegnati dal Maestro e che io non sono autorizzato a rivelarvi
Se possedete uno strumento musicale distruggetelo se non possedete uno strumento musicale distruggete ciò che più amate dovete troncare ogni legame prima di affrontare la prova suprema
La prova suprema vi riporterà alla vita
La prova suprema mi ridarà la vita

Lode al falco nero di Kashemugo
Lode al Maestro"

Si chiamava Il Gioco del Falco.

Un gioco virtuale.

La grafica era estremamente avanzata.

Il player si creava un avatar che entrava nel campo di battaglia.

Si tatuava il falco, e affrontava una serie di prove di difficoltà crescente.

Poteva anche sfidare altri giocatori.

Doveva uccidere uno o più bersagli designati.

E alla fine uccidersi.

Le analogie con lo schema attuato da Sergio erano impressionanti.

A partire dal tatuaggio.

Ma questa era solo la realtà virtuale.

Sergio aveva ucciso e si era ucciso nel mondo reale.

Qualcuno aveva inventato un gioco e un ragazzo lo aveva messo in pratica?

Aveva agito da solo, Sergio, o era stato incoraggiato da qualcuno?

Ad Alba, nonostante la primavera, vennero i brividi.

Pensò a *Blue Whale*, la Balena Azzurra. Consisteva in una serie di prove a cui gli adolescenti venivano sottoposti da un Controllore. Sfide sempre più cruente e crudeli destinate a culminare nel suicidio. Si diceva che l'avesse inventato un nerd di vent'anni, psicologo e psicotico. Un ragazzo dotato che si era fuso il cervello a botte di canne e MET in uno scantinato di San Pietroburgo. Si diceva che fosse stato arrestato. Giravano video con una sua confessione. Nessuno ne aveva mai accertato l'autenticità. La puzza di falso si percepiva lontano un miglio.

Blue Whale non esisteva.

Il Falco Nero sì.

E ancora una volta la domanda era: Sergio aveva fatto tutto da solo oppure qualcuno si serviva di un gioco virtuale? Magari quel tipo chiamato Maestro, quello di cui le aveva parlato Guido?

Alba si presentò il giorno dopo dal suo dirigente e gli raccontò tutto.

Il superiore era una brava persona, ma era in attesa di una promozione, attento a non irritare chi poteva mettere una buona parola. Fra questi, il vecchio amico Petti. Un caratteraccio, che però esercitava molta influenza. Così il dirigente telefonò a Paolo e gli espose la brillante deduzione di Alba. Petti promise che ci avrebbe pensato. L'uomo, rassicurato, tirò un sospiro di sollievo: in ogni caso, aveva fatto la sua parte. E non gli sarebbe toccato il peso della decisione.

Paolo convocò Alba seduta stante.

La poliziotta varcò la soglia del grande ufficio con la morte nel cuore, formulando maledizioni all'indirizzo del suo superiore.

Ma Petti fu gentile, e persino affettuoso. «La tua idea mi convince molto. Complimenti per aver insistito nell'indagine nonostante le mie iniziali perplessità.»

Alba, sbigottita, si lasciò andare a un sorriso incredulo.

«Dimmi» aggiunse Paolo, soave, «come conti di procedere?»

«Credo che...»

«Su, avanti. Pendo dalle tue labbra, dolcezza.»

«Prima di tutto dobbiamo individuare l'amministratore del sito. Chiederei una mano a quelli della postale. Ma la ricerca va condotta con discrezione.»

«E perché?»

«Perché altrimenti quello sparisce. E nel web è facilissimo, Paolo.»

«Capisco. E una volta trovato, lo interroghiamo?»

«No. Lo monitoriamo. Penso che il gioco virtuale sia solo il primo livello e che dopo il Maestro, come si fa chiamare quel tizio, passi a un contatto diretto con le sue... vittime.»

«Sinora, ammesso che tu abbia ragione, una sola vittima.»

«Potrebbero essercene altre. Dobbiamo rintracciarlo e beccarlo prima che colpisca ancora.»

Paolo sembrò pensarci un po' su, alla fine annuì, convinto. «Va' avanti. Hai il mio pieno appoggio!» Quindi la scortò in corridoio, godendosi una panoramica sul suo apprezzabile lato B (non così abbondante come piaceva a lui, ma nel complesso passabile), poi chiamò l'ufficio stampa e chiese all'addetto di turno di organizzare entro un'ora un incontro con i cronisti di nera delle maggiori testate. «E mi raccomando: voglio tutti i tg nazionali. Promettete un annuncio sensazionale.»

La stronzetta aveva ancora molto, molto da imparare da un vecchio lupo come lui.

10.

Il web master del sito IL VOSTRO ODIO, grazie al quale si poteva accedere al Gioco del Falco, era un ragazzo di ventitré anni di nome Yuri. Un nerd sovrappeso devastato dall'acne che più cliché si moriva. Avrebbe mandato in estasi il regista di una fiction di genere sugli scemi virtuali.

Ma era una specie di genio, nel suo campo.

Prendete questa faccenda dell'odio.

Yuri è un solitario. Ha perso i genitori che era un bimbetto, ed è stato allevato da uno zio alcolista. Pomeriggi e nottate al pc, il suo unico rifugio. Comincia con dei lavoretti. Progetta siti, crea sistemi di sicurezza, oppure entra in quelli degli altri. Per violarli, s'intende. Poi spunta questo tizio, che si fa chiamare il Maestro, e gli propone di costruire una specie di cattedrale dell'odio. «Va bene» risponde Yuri. E si mette a programmare. Il sito diventa popolare. I contatti crescono. Superata una certa quota, cominciano a farsi avanti le agenzie pubblicitarie. Ehi, tu che sai odiare così bene, che ne diresti di metterci questo banner? O magari ti andrebbe di piazzarci nel prossimo comunicato... Sì, insomma, quando te la prendi, che ne so, con la presidente della Camera o con quell'attore finocchio? Che ne diresti di infilarci due o tre paroline, tipo che tu, dopo aver illustrato il sistema per cavare tutti e due gli occhi alla merda di turno, te ne vai soddisfatto a bere la birra Tale o a farti una swappata con la marca Caia?

Soldi veri.

Yuri aveva informato il Maestro, e quello gli aveva risposto: «Puoi tenerteli, basta che il livello d'odio non ne risenta».

«Figurati, Maestro. A me sta tanto sul cazzo l'universo mondo che spargere in giro un po' di veleno è un vero piacere. E mi pagano pure!»

Poi il Maestro gli aveva chiesto di inventare un gioco.

E lui aveva eseguito. Aveva messo insieme un po' di quelle cineserie che piacciono ai ragazzini, rubacchiato la grafica da qualche pittore maledetto, saccheggiato certi Manga estremi, e in breve tempo Il Gioco del Falco era diventato popolare.

Altri soldi.

E il Maestro, che stava diventando il principale dei suoi clienti, era sempre più soddisfatto e generoso.

Ma ora la pacchia rischiava di finire.

Il poliziotto con la pancetta e il sorriso cattivo era andato in televisione, su tutti i canali, e aveva lanciato l'allarme.

Attenzione, attenzione, ragazzi. Gira in Rete un gioco pericoloso. Voi credete che sia virtuale, ma potrebbe essere dannatamente reale.

Si chiama Il Gioco del Falco.

Stiamo cercando chi l'ha inventato per impedirgli di continuare.

Chi ha informazioni ce le giri e noi provvederemo.

Oh, stavano cercando lui.

Pare che un coglioncino avesse preso il Falco sul serio. Come una cosa vera.

Yuri chiamò il Maestro.

La situazione era pericolosa.

Forse dovevano sbaraccare tutto.

O forse dovevano andare dalle guardie e dire: “Ehi, è stato solo un equivoco, noi non c’entriamo, il Falco è virtuale”.

Il Maestro rispose al terzo squillo.

In quel momento Alba, impietrita, stava seguendo la diretta Sky.

Quel porco schifoso di Paolo Petti l’aveva raggirata.

Dando l’allarme, aveva messo sul chi vive il Maestro.

Non sarebbero mai riusciti a beccarlo.

Dallo schermo uno psichiatra alla moda pontificava sul rischio che corrono «i nostri ragazzi».

Quando Alba lo udì ringraziare la coraggiosa iniziativa del vicequestore Petti, con un gesto rabbioso scagliò il telecomando contro il muro.

11.

«Sono pronto.»

Il brillante psicopatico conosciuto come il Maestro sorrise compiaciuto sotto il lungo becco della maschera da medico del Seicento. Ah, i ragazzi. Così teneri, così malleabili. Così disponibili per una mente superiore come la sua.

«Bravo, figliolo.»

«Grazie, Maestro.»

«Ti senti sereno?»

«Sì.»

Una lieve esitazione. Dall'altra parte dello schermo, il Maestro vedeva il volto brufoloso del giovane sull'orlo delle lacrime. Vedeva le sue mani tremare. Bisognava sbrigarsi. Poteva quasi sentire, se si concentrava... anzi, senza "quasi"... sentiva l'odore acre del suo sudore.

Bisognava sbrigarsi. Luca ostentava sicurezza, ma era a un passo dalla resa. E la resa sarebbe stata una catastrofe.

Il padre del ragazzo, quella carogna, quella merda che doveva pagare, dormiva nell'altra stanza, ammorbidito da una massiccia dose di sonnifero.

«Dunque, Maestro...»

«Procedi come stabilito.»

Ma Luca non si muoveva. Luca dondolava sulle gambe, il viso era sempre più congestionato, l'odore della paura perforava l'etere e si spandeva come un gas mortale sul cielo notturno di Roma. Se avesse davvero deciso di annullare la missione, era probabile, o meglio, era certo che il ragazzo si sarebbe confidato col padre. O con un amico. Magari sarebbe partita una denuncia. Non che il Maestro temesse di essere individuato: aveva frapposto tali e tanti di quei diaframmi fra sé e i suoi bersagli che una simile eventualità era impensabile.

Però, forse, sarebbe saltato fuori il legame passato. Qualche sbirro accorto avrebbe potuto collegare l'eventuale denuncia alla storia di Sergio.

E Yuri avrebbe capito.

E lui avrebbe dovuto provvedere prima del tempo.

Ah, che gran casino!

Ma perché la gente non si lasciava guidare da chi era nato per guidarla? Perché tutta quest'anarchia, tutta questa confusione?

Un problema alla volta, un problema alla volta, uno alla volta, per carità.

Il Maestro era un programmatore oculato.

Non affidava mai niente al caso.

Il ragazzo voleva sfilarsi? Nessun problema.

Era una gran rottura, ma niente di irreparabile.

Gli avrebbe permesso di andare.

Poteva sempre recuperarlo in seguito.

A questo punto si trattava soltanto di invertire l'ordine dei fattori. Di anteporre a questo piccolo idiota brufoloso quella grandissima troia che ancora non era caduta nella rete.

«Maestro, che devo fare?»

«Lo sai. Ma se per caso hai deciso di rinunciare...»

«Io... Maestro, perché di colpo la tua voce è così dolce?»

Perché incazzarsi con te è inutile, figlio mio. Ecco la risposta giusta. Ma in una situazione come quella la risposta giusta è la risposta sbagliata. D'altronde, quando mai la verità è stata un valore?

«Perdonami, Luca.»

«Maestro, tu chiedi scusa a me?»

«Forse il tempo non è ancora giunto, figliolo.»

«E quando giungerà?»

«Per te mai più. Mi hai deluso, Luca. Mi hai molto deluso.»

Ecco. E questo era il momento decisivo. L'ultima carta. Uno. Due. Tre. Quattro. Il dito del Maestro era pronto ad abbattersi sul pulsante della disconnessione.

«No! Aspetta, Maestro. Non andartene! Lo farò. Lo farò adesso!» Il ragazzo uscì dall'inquadratura. Quando ritornò dopo pochi istanti, brandiva un'ascia luccicante.

Il brillante psicopatico si tolse la maschera e se ne andò a dormire, poggiando sul comodino il suo bicchierino di grappa.

Un bel sonno: ecco quello che gli serviva, dopo tanto stress.

I particolari li avrebbe appresi la mattina seguente.

E poi si sarebbe occupato di Yuri.

12.

«Mi chiamo Luca, ho diciassette anni e sto per uccidere mio padre perché me l'ha ordinato il Maestro, l'unica persona in cui credo. Il Maestro mi ha sottoposto a una serie di prove e questa è l'ultima, quella decisiva. Ti ringrazio, Maestro, perché mi hai concesso di riprendermi la mia vita.»

Un altro video.

Un altro giovane dal volto inespressivo.

Luca Fiò, diciassette anni, orfano di madre, figlio del direttore di una banca in centro. Alle 17.30 acquista in farmacia, con una ricetta del padre, una confezione di Tritocalp, un potente ipnoinduttore. Ne versa una dose abbondante in un bicchiere di vino (il padre, la sera, ha l'abitudine di concedersi un goccio di rosso). Quando l'uomo si addormenta, il ragazzo prende un'ascia, probabilmente acquistata su Internet, e lo scanna. La mattanza si consuma all'incirca a cavallo della mezzanotte, in un silenzio quasi religioso. I vicini non sentono niente. D'altronde, considerata la quantità di sonnifero che aveva ingerito, la vittima non deve essersi accorta di nulla. E se anche vi fossero stati dei rumori, è molto probabile che sarebbero stati coperti dal concerto dei televisori ancora accesi.

Quando tutto è finito, Luca apre la portafinestra del quarto piano, monta sulla balaustra e si getta di sotto.

Morto sul colpo.

Come Sergio.

E come Sergio lascia un video.

Un video sul suo computer.

Il suo computer intatto.

Luca mostrava un tatuaggio sul polso sinistro. Un piccolo falco nero stilizzato.

«Il Maestro mi ha iniziato all'universo del Falco Nero. E io per questo ti rendo grazie, Maestro. Il Falco Nero non è un gioco. Il Falco Nero è la vita. A tutti quelli che sono interessati: non cercate il Maestro, sarà il Maestro a cercare voi. Il Falco Nero richiede delle prove. Adesso, con il permesso del Maestro, vi elencherò quali...»

Il dirigente aveva passato il video ad Alba. «Petti mi ha chiesto di mostrartelo, consideralo un gesto di stima.»

«Quel pezzo di merda.»

«Ti ricordo che si tratta di un tuo superiore. E di un bravo investigatore, per giunta.»

«Questi due morti ce li ha lui sulla coscienza. Non doveva parlare con la stampa.»

«Lui sostiene che così lo ha fatto venire allo scoperto. La postale sta lavorando sul computer del ragazzo. È questione di tempo, e avremo il destinatario del video.»

Alba lanciò un'occhiata di commiserazione al dirigente. Invecchiava. E perdeva colpi. Il ritrovamento del filmato e del pc di Luca non aveva alcun senso. Ieri il Maestro si premura di occultare le prove dell'esistenza del gioco, e oggi, dopo che noi abbiamo messo i manifesti, si sputtana. Con una confessione in piena regola.

Ah, non c'è dubbio, quelli della postale arriveranno al webmaster. Ma perché l'avrà voluto lui. E perché...

Era inutile. Tutto inutile. Il dirigente, anche se glielo avesse spiegato coi disegnini, non avrebbe compreso.

E non avrebbe accettato.

Troppo complicato, no?

Il dirigente ricevette una chiamata.

«L'hanno trovato! Vieni, Alba, andiamo!»

Lei lo seguì con una sorta di rassegnata inerzia.

13.

Per il maresciallo Incarnato le cose erano sin troppo chiare. Irruzione a scopo di rapina, resistenza della vittima, più o meno, e massacro.

Chi non la pensava allo stesso modo erano i fighetti sopraggiunti quasi in contemporanea con la territoriale, cioè col maresciallo stesso. Poliziotti in borghese, comandati da quel Petti che imperversava da un paio di giorni sugli schermi televisivi con la trovata del gioco virtuale, quello che i ragazzi "ce se dovrebbero ammazzà".

Mah.

E giù a ficcare il naso dappertutto, a fa' domande, a scuotere la testa, co' quella puzza sotto il naso da sbirri laureati... ma che ne sapevano loro della strada!

«E gliel'ho detto, dottò. E glielo ripeto. Nun ce sta niente de strano, qua. So' stati rumeni, moldavi, georgiani, o zingari, qua nun se famo mancà gnente.»

Paolo lasciava sfogare il maresciallo dei carabinieri e intanto si guardava intorno e aspettava il momento della rivelazione.

Dunque. Garage di via Tuscolana adibito a laboratorio informatico. Entrano uno o due stranieri, e combinano il macello. Si affannava a ripeterlo, il maresciallo, e cercava conforto nel titolare, l'ingegner Nino Cardine, una persona come si deve, ammodo, anche se un po' provato dal fattaccio (e si capisce, quando uno è una persona come si deve, quando non c'ha pratica col sangue e gli schizzi de materia cerebrale). Lì ci lavorava

Pierdonato Valter, inteso Yuri, ventitré anni, informatico, suo collaboratore occasionale.

«Vero, ingegnè?»

«Un mago del computer, mi creda, maresciallo. Per mio conto gestiva una trentina di siti.»

«Era un suo dipendente?»

«Nooo. Yuri era un libero professionista. Lavorava per me e per un sacco di altra gente, anche per enti pubblici, a quanto ne so. Era impeccabile. Mai un giorno di assenza, mai un minuto di ritardo. Un ragazzo d'oro.»

Be', be', a dirla tutta – il maresciallo si rivolse stringendosi nelle spalle a Paolo, mentre Alba si concentrava sullo schermo del computer che rimandava le immagini del video di Luca Fiò, l'adepto suicida del Maestro – qualche magagnetta doveva avercela, il Pierdonato, inteso Yuri, quello grasso con gli occhiali spezzati che giaceva sul linoleum, sotto lo sguardo professionale del segaossa-medico legale, col cranio fracassato come minimo da quattro o cinque colpi di... verosimile o presumibile sbarra di ferro (indizio: grumi di sángue e capelli sull'estremità della predetta sbarra). Qualche magagna, sì: uno spaccio di hashish da minorenne (perdono giudiziario) e tre truffe da grande.

Ne era al corrente l'ingegener Cardine, che ora si stringeva nelle spalle con l'aria contrita?

Alla domanda di Paolo, l'ingegnere annuì. «Dottor... Petti, vero? Mi scusi, io coi nomi... e date le circostanze... dottore, il ragazzo era stato corretto con me. Mi aveva raccontato tutto. All'epoca era impiegato in un centro di contabilità e non aveva resistito alla tentazione.»

«Tre volte» sottolineò il maresciallo, come a dire: ma pure tu, benedetto uomo, non te lo potevi sceglie' mejo?

«Io mi fidavo di lui.»

«E quindi gli dava lavoro nonostante i precedenti.»

«Glielo ripeto, era una perla. Poi aveva perso i genitori, era solo come un cane. E insomma... Comunque con me è stato sempre correttissimo.»

Entrò un altro cugino in borghese, con al seguito una cavallina bionda che al maresciallo stuzzicò le papille gustative (senza offesa, eh!). Lei e il dottor Petti, quello famoso in tv, si scambiarono un'occhiata gelida. Lo sbirro anziano che era entrato con la donna si mise in mezzo, quasi per evitare lo scontro fisico.

Il maresciallo riepilogò, a uso e consumo dei nuovi giunti. Uno o forse due aggressori. Erano entrati con facilità – la saracinesca era sollevata, c'era una piccola porta a vetri, ma senza serratura – e l'avevano sorpreso alle spalle, come si evinceva dai colpi in regione postero-temporale sinistra. Almeno due. Poi l'avevano finito, si erano accaniti su di lui, forse temendo che potesse dare l'allarme.

«Certa gente sono bestie» si lasciò scappare Incarnato.

«*È*, maresciallo. *È*» lo corresse Nino Cardine, che non sopportava gli errori di sintassi.

Alba fissò con un certo stupore il testimone. Ma ti pare che in un momento come quello...?

«Prego?»

«Dicevo al maresciallo, mi scusi. Certa gente *è* come le bestie» puntualizzò l'ingegnere. Quindi Cardine sfoderò il suo sorriso più rassicurante e aggiunse: «Mi scusi, è la tensione».

«Mi scusi lei» tagliò corto il maresciallo, «la grammatica non è il mio forte. Ora potrebbe dirmi se manca qualcosa?»

Paolo ne aveva abbastanza. Con un cenno invitò Alba ad avvicinarsi. Le mostrò un iPhone di ultima generazione in un sacchetto di plastica. Aveva una custodia viola.

«Sai cos'è, tesoro?»

«No, signor vicequestore. Me lo spieghi lei.»

«È il telefonino del nostro Yuri. Quel ragazzino, Alba, Luca Fiò, prima di ammazzare il padre e di suicidarsi gli ha mandato il suo ultimo video. Che ti ricorda tutto questo?»

L'ingegner Cardine, il maresciallo e il dirigente fissavano il siparietto stupiti. Il ghigno mordace e crudele di Paolo che faceva oscillare il cellulare. Alba a capo chino che sembrava dovesse azzannarlo alla gola da un momento all'altro.

«Significa» scandì trionfante Petti, «caso chiuso!»

14.

Dirette tv, approfondimenti tv, il contratto per una fiction tv. E *trend topic* sui social. Paolo Petti saltava da un programma all'altro, da un'intervista all'altra. L'eroe che aveva salvato i nostri ragazzi dal mostro della Rete. Il governo in carica plaudeva all'operato della polizia, che vigilava sulla sicurezza di tutti nonostante il berciare delle opposizioni. Le opposizioni lodavano l'abnegazione della polizia, che vigilava sulla sicurezza di tutti nonostante l'inettitudine del governo.

Si era mossa persino la CNN.

Yuri, giovane nerd e psicopatico, aveva creato un gioco perverso, il *Falco Nero*. Adescati due adolescenti, li aveva convinti a uccidere i genitori e a suicidarsi. Lo chiamavano il Maestro. Non si era riusciti ad arrestarlo, perché il mostro era rimasto vittima di un omicidio a scopo di rapina perpetrato da ignoti. I materiali rinvenuti dopo la morte avevano dimostrato oltre ogni dubbio la sua colpevolezza.

Caso chiuso.

Alba non riusciva a rassegnarsi.

Poteva esserci uno schema diverso. Perché non prenderlo in considerazione? Il Maestro agisce in combutta con Yuri, ma a un certo punto decide di sacrificarlo. Così simula un'aggressione e si libera del complice imbarazzante.

E continua a uccidere.

Alba lo sapeva.

Alba lo sentiva.

Ma nessuno le avrebbe dato retta.

Chiese udienza al dirigente e chiese tutte le ferie residue di cui disponeva. Le furono accordate senza discussioni. Domandò il motivo di quell'arrendevolezza. Il superiore arrossì, imbarazzato. Incalzato dalla ragazza, finì per confessare che era stata appena trasferita in Calabria.

«"Normale avvicendamento". Poi potrebbe giovare alla carriera...»

«Normale avvicendamento un cazzo. È la vendetta di quella serpe di Petti.»

«In ogni caso è deciso. Alla fine delle ferie, ti presenterai a Palmi.»

Già. In ogni caso è deciso. Per sua fortuna, Alba aveva ancora qualcuno che le voleva bene e si fidava di lei. Erano un paio di colleghe che condividevano l'insofferenza per le attenzioni di Petti. Fu grazie a loro che riuscì a mettere le mani sul pc di Yuri e a realizzare una copia dell'hard disk.

Si chiuse in casa.

E si attaccò al computer.

Fra i contatti del sedicente Maestro, Alba recuperò una URL che l'aveva incuriosita: www.obthree.commons/wired/wire/masterdigit/hateandgo.7575/brycej.

Puzzava lontano un miglio di *deep web*. Inutile perdere tempo nei canali ufficiali. E c'era sempre la possibilità che si trattasse di *dark web*.

Durante il corso presso la polizia postale, le avevano insegnato che *deep* è il web profondo, quello delle centinaia di milioni (del miliardo e passa, sosteneva qualcuno) di pagine che non possono essere rintracciate (meglio: indicizzate) da Google e dagli altri motori di ricerca. *Deep* è la parte sommersa di un iceberg. Ma ciò che è *deep* non è per forza anche criminale.

Quella è un'altra storia.

Quello è il *dark web*. La Rete buia.

La parte demoniaca, illegale, inconfessabile del *deep*.

Per accedervi occorrono browser particolari. Come Tor, il più usato ed efficiente.

Se avete necessità di comunicare senza essere monitorati da terzi (siano essi familiari e amici, datori di lavoro, grandi reti di vendita, o la banca che ficca il naso nei vostri conti), potete affidarvi al *dark web*. Se avete voglia di piccole trasgressioni o di incontrare una persona dell'altro sesso (o del vostro) in un ambiente discreto e senza che mezzo mondo ne venga a conoscenza, allora il *dark web* fa per voi. Anche se cercate mercenari per armare un esercito rivoluzionario, animali in via di estinzione da abbattere, schiave del sesso da torturare, armi clandestine, droghe, *snuff movies*, sicari a pagamento e paradisi fiscali privati a prova di controllo, quel che fa per voi è il *dark web*.

La poliziotta si creò un'identità, Dark Dawn – Alba Scura, non brillava per fantasia, ma non era certo quello il punto – e lanciò in mare una bottiglia: il disegno del Falco con un invito a giocare. Firmato: il Maestro.

Quand'era a Lione, si era dovuta occupare di una rete europea di pedofili. Aveva visionato decine di video di un tizio insospettabile. Le avevano chiesto un'analisi di compatibilità: «Quel tipo che non si vede mai per intero, e mai di faccia, potrebbe essere il nostro sospetto?».

L'uomo era inquadrato solo di spalle, e per giunta senza vestiti. Le sue vittime, invece, erano sin troppo visibili. L'ispettore che si era infiltrato nella Rete ne era uscito molto provato. Era finito in cura dallo psicologo. Anche lei, Alba, era rimasta scioccata. E quei materiali viaggiavano sul *dark web*. Ricapitolando: non tutto ciò che è *deep* è necessariamente *dark*. Ma se entrate nel *dark*, allora preparatevi al peggio.

Alba lanciò Tor e digitò l'URL.

Si ritrovò su una pagina dalla grafica ricercata e dal sapore inquietante: sfondo rosso sangue, fiammelle ardenti ai quattro angoli, un tendone che si apriva e richiudeva mentre a ogni movimento prendeva forma una scritta che recitava: "Per essere ammessi alla Community dovete superare la prima prova". Scritta ripetuta in inglese, francese e russo.

Il test di ammissione era composto da ventisette affermazioni.

Si andava da "Non è prudente rivelare i tuoi segreti" a "Sono pronto a dire qualunque cosa pur di ottenere ciò che mi sta a cuore", passando per "Desidero vendicarmi dell'autorità", "Uso un'intelligente forma di manipolazione per raggiungere i miei obiettivi", "Molte attività di gruppo sono noiose se manco io". A ogni asserzione erano associate cinque caselle da sbarrare, con una classica griglia a punti che variava dal "sempre" al "mai". Alba aveva riconosciuto subito il test: era una di quelle verifiche fai-da-te, da psicologia spicciola, che giravano anche sul web ufficiale. Serviva a individuare la presenza, in un soggetto, della cosiddetta "triade oscura", che psichiatri e criminologi avevano cominciato a studiare negli anni Sessanta: era un misto di narcisismo, psicopatia e machiavellismo. L'utilizzo del termine "machiavellismo", che stava a indicare doppiezza e immoralità, aveva fatto sorridere Alba, quando si era imbattuta nella definizione. Di sicuro la triade era un'elaborazione del pensiero anglosassone, una categoria di pensiero (non solo nosografica) tipica della brutale banalità americana. La figura luminosa del più grande politologo di ogni tempo, Niccolò Machiavelli, piegata a tratto distintivo di un disturbo di personalità. Machiavelli, che nelle sue istruzioni al Principe interpretava l'arte del governo come un servizio volto a rendere sempre più prospera e ricca la sua comunità. Qualunque comunità! D'altronde, che ci si poteva attendere da una cultura nata da puritani, cacciatori di streghe e banditi deportati dalla vecchia Inghilterra, e cresciuta grazie a bovari assassini d'indiani e petrolieri genocidi?

Machiavellismo come doppiezza e immoralità, dunque. Narcisismo come predominio totalizzante del sé, egoismo e prevaricazione. E psicopatia come indifferenza rispetto al dolore altrui.

Un bel quadretto, senza dubbio.

Roba da tremare al pensiero di imbattersi in un tipo affetto da triade oscura.

A prima vista. Perché, in realtà, le cose non stavano proprio così.

Già. In realtà non avevano cominciato a indagare la triade oscura in quanto costituiva una minaccia per la società, come nel caso di serial killer o maniaci depressivi. No. Al contrario, l'aspetto divertente era che i segni della triade si ritrovavano in certe figure apicali del mondo contemporaneo. Leader politici, capi militari, manager di successo.

La triade, lungi dal rappresentare un problema, era una garanzia di affermazione sociale. E di fortuna sessuale: i triadisti scopavano come ricci perché l'aspetto esteriore della loro "patologia" (alcuni manuali la definivano così) li rendeva grandi seduttori, al limite dell'irresistibile.

Il triadista sapeva quello che voleva. Non si faceva scrupoli pur di ottenerlo. E ci riusciva quasi sempre.

Ora che ci pensava: Paolo Petti era un esempio da manuale degli attributi della triade!

Un uomo di successo, come volevasi dimostrare.

Nessun problema visto che gran parte della nostra società era governata da suoi, diciamo così, adepti. Certo: un individuo che presenta i segni della triade oscura può, come chiunque, andare incontro a un naufragio esistenziale. Sprofondare nella miseria, nell'alcolismo, nella depressione. Oppure, reagire alla frustrazione da triadista. Dunque, in modo imprevedibile. O con estrema violenza. Ma in quel caso, avevano sentenziato a lungo gli esperti, la presenza della triade era un carattere recessivo rispetto al predominio delle componenti ambientali. In sintesi: se ti andava bene, era per merito della triade, se ti diceva male, la responsabilità era tua e solo tua, o forse del contesto. E in ogni caso la triade non c'entrava.

Nessun problema, quindi?

Entro certi limiti. A mano a mano che il fenomeno veniva studiato, si diffondeva una convinzione inquietante: che, nel medio e lungo periodo, colui che, affetto da triade oscura, riusciva a raggiungere una posizione di vertice in un qualunque consesso – politico, sociale, culturale o aziendale – inevitabilmente finiva col contribuire alla rovina del consesso di appartenenza. In altri termini: una volta raggiunta la vetta, il triadista veniva assalito dal *cupio dissolvi* e si gettava nel baratro, trascinandosi appresso coloro (e non erano pochi) che avevano creduto in lui.

Il dibattito sulla compatibilità sociale della triade era ancora in corso, e la battaglia fra colpevolisti e innocentisti si manteneva su un piano di perfetta parità. La triade favoriva il progresso o conduceva diritto all'entropia? Esistevano triadisti buoni e triadisti cattivi, o tutto era destinato a concludersi in un gran rogo purificatore?

In ogni caso, il sito esigeva come prova di ammissione di risolvere il classico test fai-da-te.

Alba si chiedeva se per essere introdotti bisognava essere pro o contro. In altri termini: sarebbe stato ammesso il triadista o invece colui che, alle risposte, avrebbe totalizzato un punteggio insufficiente per essere considerato tale?

Tenuto conto della collocazione del sito, della grafica e dell'area scelta – difficile immaginare nel *deep web* una congrega di bravi ragazzi – la risposta giusta era la prima. Quindi, per entrare si doveva, se non essere, quanto meno apparire portatori dei segni distintivi della triade. E totalizzare il punteggio più alto.

Un gioco da ragazzi per Alba. Le domande erano persino troppo trasparenti. E con un po' di allenamento, chiunque poteva riuscirci.

Per esempio: se vi sottopongono l'affermazione "Odio trovarmi al centro dell'attenzione" e voi rispondete "Sempre", vi daranno zero spaccato in narcisismo, e le vostre chance di figurare nell'albo d'oro della triade oscura scemeranno di parecchio.

Ma Alba decise che non avrebbe barato. In caso di insuccesso al primo tentativo, sarebbe rientrata con un diverso account, aggirando eventuali sistemi di difesa. La sfida la tentava.

Il test valeva quel che valeva, cioè poco, ma pensa che colpo se, rispondendo con sincerità, fosse uscito un punteggio alto!

Così si mise a spuntare le caselle.

"Non è prudente rivelare i tuoi segreti.
La gente mi vede come un leader naturale.
Odio trovarmi al centro dell'attenzione.
Evito le situazioni rischiose.
Faccio in modo che le persone che contano siano sempre dalla mia parte. A tutti i costi.

Evito di scontrarmi direttamente con chi potrà essermi utile in futuro.
Metto da parte le informazioni che potrò usare un giorno contro qualcuno.
Mi piace trovarmi d'accordo con le persone influenti.
La gente che mi crea casini prima o poi la paga.
Mi accerto che i miei piani aiutino solo me, e nessun altro.
Mi piace scopare con le/gli sconosciute/i.
Sono pronto a tutto per ottenere ciò che mi serve..."

Alba spuntò l'ultima casella e inviò il form. Attese qualche istante per l'elaborazione dei dati.

Lo schermo si fece nero.

Be', si disse, mi hanno sbattuta fuori. Era prevedibile.

Pochi secondi, e dal nero partì una sequenza colorata, come l'esplosione di fuochi d'artificio di una certa classe, e dalle casse si levarono le note dei *Carmina Burana* di Carl Orff.

Scontato.

Ma intanto centomila pixel sfavillanti componevano in policromia la parola

BENVENUTO

Aveva passato il test.

Senza barare.

Aveva passato il test con il punteggio massimo.

15.

Scoprirsi sul podio nella classifica ideale dei figli di puttana fu un duro colpo per Alba.

Però il test, per quanto potesse risultare approssimativo, aveva dato un responso inequivocabile. E lei era stata sincera.

Per togliersi ogni scrupolo, lo rifece altre due volte. Se cambiavano le risposte, era ovvio, cambiava il risultato. Ma cambiare significava mentire.

Insomma: la sua personalità presentava tutte le caratteristiche della triade oscura. E ai massimi livelli.

Se Paolo Petti era un fulgido esempio di triade, lei aveva passato il test al primo colpo e con un eccellente risultato.

Era simile a quel bastardo?

Le fantasticherie sulla sua psiche (con annesse, eventuali possibili degenerazioni) le portarono via buona parte della serata. Finché non decise di arrendersi all'ineluttabile. Per una volta scelse di venir meno agli scrupoli salutisti. Scongelò una pizza margherita e l'accompagnò con una birra seria. Su Sky trasmettevano il popolare show dei cuochi. Alba si domandò se qualcuno di quei celebrati artisti del fornello fosse affetto da triade oscura. A giudicare da come maltrattavano i concorrenti, la risposta doveva essere affermativa. Ma forse era solo un gioco.

E va bene. Sono una potenziale psicopatica.

Vediamo di approfittarne.

Rientrò nel sito.

In un paio d'ore di vagabondaggio ne assimilò la filosofia. Era una comunità composta da individui consapevoli di presentare, in maggiore o minor misura, i tratti caratteristici della triade oscura. Consapevoli e orgogliosi. Di sicuro non peccavano di modestia né brillavano per *sense of humour*. Si autodefinivano i "Supremi", e più che discutere, asserivano, affermavano, resocontavano. Si vantavano. E si scambiavano immagini. Si poteva accedere a un certo numero di forum, suddivisi in due classi fondamentali: "odio" e "vendetta". Per accedervi bisognava scegliersi un nickname. Fra Uomo Assoluto, Il Padrone del Cielo e della Terra, Regina della Notte, Cleopatra, Capitan Whip e roba simile, Alba scelse Il Magnifico, e cominciò dai forum di odio.

Su quelle pagine venivano indicati bersagli da colpire, spesso con nome e cognome, e talvolta con indirizzo di casa, di posta elettronica, e numero di telefono. Gli insulti e le promesse di morte, tortura, sevizie si sprecavano. C'era una sorta di gara a chi la sparava più grossa. E ce n'era per tutti.

Italiani del Nord, del Centro, del Sud e delle Isole, europei, americani del Nord e del Sud, asiatici, africani, australiani papua e boscimani.

Pittori, cantanti, casalinghe, domestici e architetti; vescovi, stagnini e pizzicagnoli; giardinieri, sacrestani e banditori d'asta; postini, meteorologi e fruttivendoli; valligiani, marittimi e montanari.

Animali domestici e selvatici, insetti, uccelli, bovini,

gatti, cani, pesci, balene, beccacce e anfibi; lo sport inteso in quanto attività fisica e i singoli sport come il calcio, il basket, il rugby, la pallavolo, la lotta greco-romana e a stile libero, il curling, lo sci, il polo e il tennis da tavolo.

Guardie, ladri, attori, musicisti, ballerini. La musica, sacra, profana, antica, moderna, lirica, rock, pop, hip e hop. Le automobili, i treni e gli aeroplani. I droni, i Lego, i cartelli stradali e i giochi di prestigio. I computer, fissi e portatili, in ogni variante. Birra, vino, whisky, grappa, salame e coca cola. Abiti, vesti, cappelli e officine, la chimica, la scienza e i saltimbocca alla romana.

Niente e nessuno era risparmiato.

Sui forum di vendetta ci si sbizzarriva a resocontare le proprie vittoriose imprese: mi sono scopato questa e quella, ho fatto licenziare la troia in tailleur, ho rovinato il mio rivale. Ogni racconto si chiudeva con l'elogio del sé e il vanto di appartenere a una siffatta comunità di eletti.

Quanto alle immagini, abbondavano i video di bondage, umiliazione e in genere il porno estremo.

Approccio deludente, concluse Alba. Gli odiatori di mestiere pullulavano nella Rete tradizionale e sui social. Il rischio di essere scoperti non li dissuadeva dallo spargere la loro dose quotidiana di veleno. Fin qui questi "Supremi" non mostravano niente di nuovo o di diverso.

Certo, meritavano una più attenta osservazione. E poteva benissimo darsi che questo fosse soltanto un primo step. Che servisse a mascherare ben più inquietanti contorni. Altre stanze alle quali si poteva accedere soltanto dopo un percorso iniziatico.

Sì, certo, era possibile.

Ma per il momento…

Magari il Maestro era una falsa pista.

Magari era tutto un colossale abbaglio.

Alba aveva gli occhi rossi, le spalle dolenti, le gambe addormentate e il cervello in fiamme.

E si sentiva schiantare dal senso di inutilità.

Che stava seguendo, in definitiva? Un'intuizione. L'ennesima. Be', forse era l'intuizione sbagliata.

Forse Yuri era davvero il Maestro, e lei una povera illusa.

Meglio lasciar perdere e riprovare, magari, l'indomani.

Meglio staccare adesso.

Eppure, se il falco nero di Kashemugo l'aveva indirizzata lì, quella comunità qualcosa doveva pur significare.

Un ultimo tentativo, su.

Alba postò l'immagine del falco e rimase in attesa.

Trascorsero trenta, quaranta secondi.

Poi Uomo Assoluto le mandò un messaggio diretto:

"Chi sei?"
"Sono il Magnifico"
"Non ho mai sentito parlare di te"
"Conosciamoci allora"
"Come mai hai il segno del Maestro?"
"Fu lui a dirmi che dovevo usarlo se volevo incontrare i Supremi"
"Il Maestro è morto"
"Per questo sono qui. Per onorare la sua memoria"

"Possiamo parlarne. Come vedrai, non siamo tutti d'accordo"

Ci era riuscita, pensò Alba.

Li aveva agganciati.

Se il Maestro, come credeva, aveva usato Yuri per poi sbarazzarsene, di sicuro sarebbe ricomparso con una diversa identità.

E sarebbe successo in quella comunità.

E lei l'avrebbe individuato.

E catturato.

16.

Il brillante psicopatico che era stato il Maestro era pronto a rientrare nell'amata comunità dei Supremi. Ma niente falchi e stronzate simili. Ormai il terreno era sgombro dalle urgenze, e ci si poteva dedicare a obiettivi meno specifici.

C'era una lista di persone odiate che desiderava colpire. Lo desiderava con tutte le sue forze. E un giorno o l'altro le avrebbe colpite. Tutte. Costituivano il cerchio esterno del target. Quelli più lontani dal cuore, ma non per questo meno odiati. Anzi. Più ambìti. E più sicuri. Perché difficilmente riconducibili a lui.

Ma ci sarebbe arrivato con la pazienza. E col tempo.

Aveva cominciato con quelli che conosceva meglio.

Per raggiungerli senza essere individuato aveva dovuto inventare il *Falco Nero*, crearsi uno schermo, il povero Yuri, per immolarlo più tardi.

Ma il sacrificio è necessario, quando a esigerlo è una mente superiore!

Non sapevano di lui.

Non avevano mai nemmeno sospettato di lui.

Lo credevano addirittura morto.

Morto!

Ma ormai tutto questo riguardava il passato.

Scelse un nuovo nickname – Hammer, il Martello – e rientrò nella community.

Ed era là che Alba lo aspettava.

I Supremi erano divisi. La maggior parte di loro era composta da odiatori della domenica, poveri diavoli del tutto innocui. La fine del Maestro li aveva spaventati. Volevano metterlo al bando. Pochi erano i duri, pochi ma scatenati. La loro filosofia era di totale adesione.

Che aveva fatto, in definitiva, il Maestro?

Aveva inventato un gioco di forza.

Chiunque era libero di entrarvi, così come di uscirne, se non se la sentiva di andare avanti.

Se la sentiva? Era una sua libera scelta.

Ammazzava i genitori e si gettava dalla finestra? Era una sua libera scelta.

"Libera" nel senso che riconosceva la supremazia del Maestro. Altro che metterlo in galera.

Bisognava dargli il potere a uno così.

Perché uno forte al punto da indurti a uccidere e a morire per lui lo merita, il potere.

Tutto il potere.

A un certo punto, i pavidi avevano cominciato a staccarsi a uno a uno dalla comunità. Alba li aveva incoraggiati a levarsi dai piedi, perché meno gente c'era da controllare, più aumentavano le possibilità di pizzicare il Maestro.

Alla fine erano rimasti in sette.

I duri e puri.

Il Magnifico era diventato una specie di leader.

E Alba doveva ammettere che assumere il controllo di quella conventicola di psicopatici le aveva procurato un intenso piacere.

Doveva preoccuparsi per questo?

Forse. Ma ci avrebbe pensato dopo. Ora bisognava prendere il Maestro. Quello vero.

Uomo Assoluto le aveva girato un video, che una volta il Maestro aveva postato. Lo ritraeva mentre parlava sullo sfondo di una copia del dipinto di Maitano. Indossava una maschera a becco d'uccello, di quelle usate dai medici del Seicento per sciogliervi essenze profumate che si credeva avessero il potere di proteggere dai miasmi della peste.

Alba aveva lavorato un po' sul video, confrontandolo con le fotografie e gli altri materiali trovati a casa di Yuri e nel garage.

Non era la stessa persona.

Non c'erano dubbi.

Diverse la stazza fisica e l'età: grasso e giovane, il

presunto Maestro, più adulto e decisamente più magro, quello vero.

Doveva comunicarlo al dirigente?

No. Avrebbe fatto di meglio.

Gli avrebbe consegnato il bastardo, con tanto di confessione.

Poi si sarebbe dimessa. Un bel calcio in culo allo Stato. E via a lavorare con gli avvocati di fama per clienti danarosi.

Perché se uno scopre di avere la triade oscura, è bene approfittarne.

Ma intanto doveva prendere questo pezzo di merda.

Il video era interessante per altri aspetti. Il Maestro illustrava la sua personale filosofia dell'odio:

«Distruggere.

L'odio dev'essere distruttivo o non ha senso.

L'odio soltanto affermato non ha ragion d'essere.

E non deve interessarci.

L'odio deve tradursi in gesti concreti.

Piccole insignificanti questioni, come il bieco risentimento personale, non devono minimamente inquinare la purezza del Perfetto Odio Distruttivo.

Ciò che accade alle nostre vite non deve interferire con l'odio.

L'odio dev'essere asettico, perfetto, assoluto.

Può accadere però che l'odio debba esercitarsi per necessità, almeno in una prima fase, contro coloro che si sono resi responsabili di un'azione ingiusta nei nostri confronti.

In questo caso l'odio ha la funzione di rafforzare se stesso e i suoi legittimi portatori.

È essenziale che anche quando colpisce chi è legato a noi in qualche modo, l'odio venga esercitato senza alcun coinvolgimento personale».

Il Maestro sosteneva tutto e il contrario di tutto. Che si doveva odiare in modo generico, senza intima partecipazione, ma che se attaccavi quelli che ti avevano causato del male, andava bene comunque. Illogico. Oppure iniziatico. Come un enigma. O un messaggio.

E lei l'avrebbe decifrato.

Un nuovo utente si affacciò alla community.

Hammer. Il Martello.

17.

"Bella questa immagine"

"Hammer! Ti connetti da un po', ma non sei mai intervenuto sino adesso. Io sono il Magnifico..."

"So benissimo chi sei. Parlami dell'immagine che hai postato"

"È il falco di Kashemugo, lo usava..."

"So benissimo cos'è"

Hammer aveva osservato senza interloquire per una settimana, poi c'era stato questo brevissimo scambio. Quindi era scomparso per due giorni. E alla fine era tornato chiedendo al Magnifico di dialogare in privato.

Per un'altra, intensa settimana si erano annusati.

Alba percepiva in Hammer qualcosa di diverso rispetto a tutti gli altri.

Doveva spingerlo a manifestarsi. Ma con cautela. Un passo alla volta.

"Il Maestro ha avuto coraggio. Ha osato. Ha rischiato"

"La vita senza rischio non è vita"

"Hai ragione, Magnifico"

"Mi piacerebbe passare all'azione. Come raccomandava il Maestro"

A volte Hammer si ritraeva. Spariva per ventiquattro o quarantott'ore.

Ma poi si riaffacciava. Direttamente in privato.

Una tiepida sera di fine maggio fu più esplicito che mai.

"Che cosa ti ha spinto verso il Maestro, Magnifico?"

"L'odio, Hammer"

"Che ne pensi di lui?"

"È un grand'uomo"

"Perché ne parli al presente? Il Maestro è morto"

"Non credo a quelle stronzate"

"Quindi, secondo te..."

"È vivo. E io aspetto che ritorni"

"E se tornasse?"

"Gli chiederei di lavorare con lui"

"Lavorare? Che strana espressione..."

"Vorrei aiutarlo a seminare l'odio"

"Non è quello che stai già facendo, con le tue parole e i tuoi video?"

"Non basta. È necessario passare all'azione..."

"E perché hai bisogno del Maestro? Non puoi agire da solo?"

"Senza di lui non sarebbe lo stesso..."

"Credi che il tuo odio sia abbastanza maturo e forte?"

"Sì"

"Un odio incontenibile?"

"Sì"

"Verso chi lo indirizzeresti?"

"Il Maestro ha insegnato che l'odio dev'essere astratto"

"Va bene, ma serve un bersaglio"

"Quello sbirro, Paolo Petti"

"Quello di cui hai scritto?"

"Sì, lui. E tu?"

"Io?"

"A chi indirizzeresti il tuo odio, Hammer?"

"Ho una lunga lista, Magnifico"

"Per cominciare"

"Quel nome non significherebbe niente per te"

"Dillo comunque"

"Fabio Fresa"

Hammer troncò la conversazione.

Hammer si era aperto molto, forse troppo.

Aveva nel mirino una persona che odiava, e alla quale avrebbe riservato volentieri il trattamento che il Maestro aveva riservato ad altri.

Ma questo non significava che fosse lui il Maestro.

Forse aveva fatto un nome a caso.

Forse era uno psicopatico innocuo, come la maggior parte degli adepti della comunità.

Intanto, Alba aveva una traccia.

Fabio Fresa.

Un tuono scosse la notte, l'aria diventò di colpo fredda.

Le restavano pochi giorni di ferie residue, spiccioli di libertà sacrificati a un'indagine che rischiava di arenarsi su un binario morto.

Poi avrebbe dovuto decidere: la Calabria o dare l'addio al lavoro.

Lanciò una ricerca a tappeto su Fabio Fresa.

A quanto pareva, era stato CEO di una sequela di aziende di medie dimensioni. Un tipo sui cinquanta, alto, aria da squalo. Un uomo di successo. Attualmente nel consiglio d'amministrazione di varie imprese.

Poi, mentre piluccava fra le pagine di un giornale economico, lesse quel nome.

Ingegner Rivo.

Rivo. Come Sergio Rivo. Il ragazzo di corso Trieste che aveva ammazzato i genitori.

Effettuò una nuova ricerca incrociata.

Ingegner Rivo più Fiò, il nome della seconda vittima.

Centinaia di risultati.

Consiglio d'amministrazione.

Società Consul Chic.

Rivo e Fiò.

Cronache di un processo.

Un processo minore, di quelli che figurano giusto nei trafiletti di cronaca.

Rivo denuncia per truffa un suo consulente.

Decisiva la testimonianza del commercialista Arcangelo Fiò.

Condanna a quattro anni e sei mesi di reclusione per il truffatore.

Nino Cardine, sedicente ingegnere.

Nino Cardine.

L'uomo che aveva trovato il cadavere di Yuri, il sedicente Maestro.

Quello che non sopportava gli errori di grammatica.

18.

"Bentornato, Hammer. È qualche giorno che non eri in chat"

"Ero impegnato. Comunque ho riflettuto sulla nostra ultima conversazione, Magnifico"

"Sono contento che l'hai fatto, Hammer"

"Che l'abbia fatto, Magnifico"

"Come, scusa?"

"Sono contento che l'abbia fatto, non *che l'hai fatto*. Perdonami, ma proprio non riesco a sopportare certe imprecisioni. Ho un rispetto sacro per la nostra lingua"

Ogni tassello andava al suo posto. Persino l'errore di grammatica. Alba fu invasa da un piacere immenso.

Il Maestro: identificato, beccato, fottuto.

Era una sensazione meravigliosa.

Nino Cardine viene sorpreso a rubare da Rivo e Fiò, e la sua vita è rovinata. In un modo o nell'altro riesce a cavarsela e si rimette a lavorare come piccolo imprenditore. È un uomo senza dubbio dotato, e in gamba negli affari.

Ma è un criminale.

Uno psicopatico.

E odia i suoi nemici.

Così recluta Yuri e con lui organizza Il Gioco del Falco.

Adesca i figli dei nemici e li usa come strumenti di una vendetta atroce.

Uccide Yuri e simula di essere morto.

"Magnifico, la mia osservazione merita una risposta. Io non tollero il silenzio!"

"Scusami, ho sbagliato"

"Fa' che non accada più in futuro"

"Non accadrà"

"Bene. Torniamo a noi. Credo che la tua idea di passare all'azione non sia sbagliata"

"E farlo... insieme?"

"Certo. Sarebbe emozionante, non credi?"

"Sarebbe stupendo. Una vera lezione di odio! Potremmo cominciare da quel tipo, quel Fresa"

"Oppure dal tuo, il poliziotto"

"Già"
"Pensiamoci"
"Sì"
"Pensiamoci su stanotte e risentiamoci presto"
"A domani, Hammer"
"A domani, Magnifico"

E adesso, rifletté Alba, adesso cerca di usare me per la sua ultima vendetta.

Posso prenderlo in qualsiasi momento.

Conosco tutto di lui.

E qualsiasi momento significa: prima che faccia del male a qualcuno.

O giusto un momento dopo...

Il suo pensiero corse all'orribile Paolo Petti.

Hammer aspettava il Magnifico per concordare un piano.

Aveva una lunga notte per decidere.

Alba andò a dormire con il dolcissimo sapore dell'odio sulle labbra.

dicembre 2017

Maurizio de Giovanni

Sara che aspetta

Rannicchiata nella macchina, ascoltando le folate improvvise di vento gelido che si infrangono sulle poche auto in transito lungo la strada, Sara aspetta.

È quello che le riesce meglio. È stato il suo lavoro per tanti anni, aspettare con pazienza, non lasciarsi sommergere dall'onda lunga della fretta, non anticipare gli eventi per non smarrire l'obiettività dell'analisi. Freddezza, imperturbabilità, distacco. Serenità.

No, stavolta quella non c'è, pensa Sara. Niente serenità.

Le foglie cadute dagli alberi che turbinano. Le finestre che si vanno spegnendo, una a una. Passanti ormai non ce ne sono più, da almeno un'ora. E Sara aspetta.

Se non sarà stanotte, sarà la prossima. O quella dopo. Qual è il problema? C'è solo da attendere.

Ha imparato che proprio a forza di attendere le cose succedono, prima o poi. Basta essere pronti.

Sara ha imparato anche come ingannare l'attesa. Da fuori sembra quasi addormentata, le palpebre socchiuse, i lineamenti distesi; le mani appoggiate lungo le cosce, coi guanti per evitare che le dita si intirizziscano, senza metterle in tasca per non ritardare i movimenti e allungare i tempi di reazione. Ogni muscolo immobile, nessuna contrazione sul volto impassibile. La visione periferica è più che sufficiente per controllare lo spazio che le interessa. L'aiuta la corporatura minuta. La sagoma avvolta dal sedile e riparata dal poggiatesta è invisibile dal lato posteriore. Il SUV posteggiato davanti le risparmia le sciabolate dei fari delle rare macchine che procedono in senso opposto.

Chi attende sparisce. Chi attende deve sparire.

Sara sa che la posizione del corpo è la premessa, ma per riempire il tempo va ordinata la mente. Come un salotto per ricevere gli ospiti. È indispensabile che non ci sia nulla di estraneo, nessuna distrazione: non bisogna pensare ad altro, pericolosissimo lasciare che la testa vaghi altrove; la frazione di secondo necessaria per tornare al qui e ora dell'attesa può risultare fatale. E non si può nemmeno pretendere di restare concentrati in continuazione su quello che si aspetta, sarebbe come fissare per ore il particolare di un oggetto perdendo i contorni dell'insieme.

Sara lo sa che bisogna ricostruire senza sosta il quadro generale, ripercorrere la sequenza degli eventi. Tirare ancora le linee che uniscono i punti, come quei disegni da bambini, una giraffa o un elefante, che piano piano prendono forma collegando una serie di numeretti sparsi sulla pagina.

E allora, per l'ennesima volta, Sara ricomincia dall'inizio.

Il telefono aveva squillato alle quattro del mattino.

Le capitava spesso nei momenti topici del suo servizio, quando la situazione precipitava all'improvviso e non c'era orario o turno che tenesse: chi aveva seguito una determinata pista doveva mettersi subito al lavoro, e basta. Allora come adesso la sensazione era orribile, con la coscienza che annaspava cercando di riguadagnare la superficie dall'abisso del sonno profondo, a cui sempre più di rado cedeva, nel petto il rombo di un tamburo, un attimo prima dell'emergere dei peggiori pensieri, finché, dopo, tutto si rivelava irrilevante e innocente.

In certi casi, però, i peggiori pensieri trovavano conferma.

Sara si era vestita in fretta, continuando a ripetere: «No, no, è impossibile, non è lui».

Non aveva trovato le chiavi dell'auto, aveva chiamato un taxi, la voce e il cuore spezzati in mille aguzzi frammenti, ognuno dei quali rifletteva una diversa immagine del passato. «No, è un errore. Non può essere.»

Era lui, invece. Proprio lui.

Restò ferma a guardarlo sul tavolo. Era coperto a metà dal lenzuolo, grigio, i lividi e le fratture evidenti. Rotto. Spezzato in più punti. Restò ferma, ascoltando la tempesta di silenzio che le montava dentro, cercando di tenere a bada i ricordi remoti, il dolore del ventre, poi il pianto e il latte e la carne, il sangue dal naso e le ginocchia sbucciate, la fata dei dentini e «Cambiati il costumino ché quello è bagnato», e gli occhi pieni di lacrime quando se n'era andata.

Giorgio. Giorgetto, Giogiò. Giorgino, il mio Giorgino.

La mente per non esplodere le ripropose l'odio del figlio, il fiume incontenibile di durezza dell'adolescente che le urlava:

«Chi sei tu? Chi cazzo sei? Io non ho una madre». E lo rivide scappare via senza girarsi, l'ultima volta, tanti anni prima.

Mio figlio, pensò Sara. Ora che è troppo tardi.

A telefonarle era stato un collega anziano, confinato nel presidio di polizia dell'ospedale a consumare gli ultimi mesi prima della pensione. Uno che si ricordava di lei, ed erano rimasti in pochi. «Ciao, Morozzi… scusa l'ora, ma credo che tu debba venire qui. Adesso, sì. Si tratta di Alberti Giorgio… È tuo figlio, giusto? Allora devi proprio venire. Morozzi… mi dispiace. Tanto.»

Erano anni che Sara non si sentiva chiamare per cognome, da quando aveva firmato per il congedo. Alla fine, grazie all'anzianità e a un gioco di contributi, aveva chiuso con l'unità prima di quanto avrebbe dovuto. Da tempo non si trovava più bene, e non per stanchezza o pigrizia: perché quel lavoro era cambiato e non le assomigliava più. Troppe macchine. Troppa magistratura. Troppa elettronica, troppo DNA. E anche gli altri erano cambiati, parlavano in modo diverso, e Sara aveva cominciato a considerarsi superflua.

Eppure era stata l'indiscussa, leggendaria maestra

delle intercettazioni. Come interpretava lei quei bisbigli, quei sussurri che a stento si percepivano, nessuno mai. Una sensibilità speciale, una capacità naturale affinata con l'esercizio e l'applicazione. Tutto vanificato dai nuovi strumenti di pulizia e amplificazione del suono: all'improvviso si era sentita "normale". Ed essere guardata con sufficienza da ragazzine presuntuose che avevano vinto un concorso facendosi il culo sui libri non era per lei.

Poi Massimiliano si era ammalato e Sara non aveva avuto dubbi: meglio, molto meglio restare a casa.

Cercando lacrime che non trovava, continuò a fissare il volto del figlio morto: uno sconosciuto.

Aveva visto tanti cadaveri. Era stata di pattuglia e di scorta, aveva assistito ad almeno quattro guerre tra clan. Ma quello era suo figlio.

Almeno, lo era stato.

Due vite, rifletté. Una per strada, inseguendo il sogno di diventare poliziotta, e nel contempo assecondando l'educazione che le avevano dato i suoi: essere moglie e madre. Così aveva sposato il fidanzato del liceo, il bravo ragazzo un po' grigio col bel sorriso, il padre di Giorgio. Un buon padre, perché alla fine l'aveva tirato su lui quando se n'era andata.

Poi l'altra vita. Dopo che aveva deciso di essere se stessa, sbagliando tutto quello che si poteva sbagliare.

Si voltò e uscì dall'obitorio.

Il tecnico, medico o quello che era, la osservò un po' perplesso, quindi distolse lo sguardo davanti a quella faccia di marmo. Era ancora giovane, forse si aspettava lacrime e urla.

Nel corridoio la donna sentì l'equilibrio mancarle, e per un attimo si appoggiò al muro. Adesso avrebbe avuto quel volto tumefatto, senza espressione, conficcato nella memoria al posto delle ginocchia sbucciate e del ghiacciolo che colava sulla maglietta rossa. Quel pensiero le spezzò il cuore. Considerò che tutto sommato il padre di Giorgio, morto dieci anni prima, aveva ricevuto un bel regalo dal cancro.

Il vecchio collega l'aspettava sulla porta dell'obitorio. Gli fu grata per il suo silenzio, per quegli occhi che teneva bassi, e per non aver provato a toccarle il braccio.

Gli chiese:

«Come e dove è successo, De Blasio?».

L'uomo si grattò la nuca e agitò la mano in modo vago indicando l'interno:

«Ci sta il tizio di là, non riesce a smettere di piangere. Sostiene che lui è spuntato all'improvviso, mentre stava scrivendo un messaggio al cellulare. Nell'altra mano stringeva il guinzaglio del cane. Ci stanno pure quelli della stradale. Gliel'ho spiegato che... che sei dei nostri».

Sara scosse appena il capo:

«Non più. Comunque portami da loro, dài».

De Blasio la studiò coi suoi occhi acquosi da vecchio cane da caccia:

«Moro', se uno è un poliziotto, lo è per sempre. Mica è un lavoro che si va in pensione e si dimentica, questo».

Gli agenti della stradale erano due, uno giovane dall'aria ribalda e uno più o meno dell'età di De Blasio. L'insegnante e l'allievo, pensò Sara.

L'anziano le venne incontro, il cappello in mano:

«Ciao, Morozzi, mi chiamo Silvani. Mi… mi dispiace assai per la tua perdita».

Sara annuì, rigida. Continuava a cercare le lacrime dentro di sé, senza trovarle. Dolore sì, ma niente lacrime. «Vorrei sapere dove e come è successo.»

Silvani sospirò. Per qualche motivo sembrava più addolorato lui di Sara. «Proprio vicino casa sua, l'illuminazione là è scadente, c'è un lampione rotto e un altro è coperto dai rami di un albero. In pratica ci stanno venti metri di oscurità completa e…»

Sara chiese a bassa voce:

«In quale strada?».

Il ragazzo spalancò gli occhi:

«Ma non è tuo figlio, scusa? Nemmeno sai dove abita?».

Silvani si voltò verso il collega e rispose, velenoso:

«Zitto, Banti. Parli a sproposito. Morozzi…».

Sara agitò la mano:

«Tranquillo, Silvani. No, lui e io… non ci sentivamo da molto tempo. Tutto qui».

Il giovane si strinse nelle spalle, e iniziò a fissarsi le unghie.

Sara incalzò:

«Allora, com'è andata?».

«Era mezzanotte, più o meno. Tuo f… Giorgio era uscito per portare fuori il cane, almeno così ci ha riferito la… Sapevi che viveva con una ragazza, sì?»

Sara scosse il capo.

Banti fece uno sbuffo che poteva essere una risatina.

Silvani gli scoccò un'occhiataccia e quello distolse lo sguardo. Il poliziotto anziano continuò:

«Lei non se l'è sentita, è... in stato interessante. Era con la madre, che è arrivata di corsa e non si calmava... vive al piano di sopra. Una signora in gamba, mi pare, e...».

Sara sibilò:

«Silvani, com'è successo?».

L'uomo trasse un lungo sospiro:

«Sì, scusami. Ha attraversato la strada nel punto più buio, lontano dalle strisce, vicino a una curva. Il povero cristo andava a nemmeno cinquanta all'ora, l'ha preso in pieno e se non era per la botta neanche se ne accorgeva. È pure un medico. Ha provato a rianimarlo, poi ha chiamato il 118 ma prima ancora che arrivasse l'ambulanza l'ha caricato in macchina e l'ha portato lui. È disperato, non smette di piangere, ha voluto pure essere presente all'operazione».

Sara cercò di ricordare le deformazioni del corpo sotto il lenzuolo:

«I segni della frenata, sull'auto...».

Silvani la anticipò:

«Tutto normale, sia quelli a terra sia gli altri su paraurti, cofano e parabrezza. Tutto compatibile. Nessun testimone, a quell'ora non c'è anima viva, è una zona residenziale, la gente dorme. Il cane vagava per strada trascinando il guinzaglio, l'abbiamo riportato noi a casa».

«Magari alla signora interessa più del cane» commentò Banti con freddezza.

Sara incassò, in silenzio.

Silvani ringhiò:

«Sei un cazzone, Banti. Hai perso un'altra occasione per tacere».

Lei disse, piatta:

«Portami dal tizio, Silvani. Grazie».

Il tizio. Non "quello che ha combinato questo casino" tantomeno "l'assassino". Soltanto *il tizio*.

L'uomo stava seduto su una panca scrostata vicino alla porta del pronto soccorso. Teneva una sigaretta tra le dita tremanti e piangeva. Piangeva in maniera strana, inquietante: lacrime copiose gli scorrevano dagli occhi spalancati, le labbra si muovevano quasi stesse recitando chissà quale preghiera, scuoteva il capo senza sosta come a convincersi che non era vero, che non stava capitando proprio a lui.

Era un ometto tarchiato, di mezz'età, i capelli radi, tinti con cura, un paio di baffi folti, e indossava un vestito elegante.

Silvani restò in piedi, indicandolo con la mano a Sara neanche fosse un'istallazione provvisoria.

La donna gli si sedette accanto, gli occhi puntati verso l'oscurità che avvolgeva il parcheggio delle ambulanze. Svuotata di emozioni, e in attesa della probabile ondata d'immenso dolore, si sentiva come una spiaggia nel momento di quella terribile, innaturale risacca che precede uno tsunami.

«Pensavo... pensavo si fermasse» mormorò l'uomo. «Andavo piano, ascoltavo la musica, me ne stavo tornando a casa dal teatro. Mia mo... mia moglie aveva mal di testa e non è venuta. Ha sempre mal di testa, lei.»

Silvani, con una punta di perfidia, spiegò:

«La signora è la madre. Una mia collega».

L'altro sussultò, come colpito da una freccia al costato. Rivolse uno sguardo terrorizzato a Sara, ritraendosi d'istinto. «Mi creda, sono disperato. Sono un medico, un oncologo, io le vite le salvo, non ammaz... Andavo pianissimo, le assicuro che non ho bevuto niente e...»

Silvani interloquì, mantenendo il ruolo di coro greco:

«È vero, abbiamo controllato».

Sara domandò:

«Il collega mi ha riferito che Giorgio... che mio figlio stava utilizzando il cellulare, immagino gliel'abbia raccontato lei. Ne è sicuro?».

L'uomo fece di sì con la testa, gli occhi ancora spalancati. Era sotto shock, a Sara fu chiaro che doveva in qualche modo scuoterlo. «Come si chiama, dottor...?».

«Terzani. Ludovico Terzani. Sono un medico onc... Scusi, mi sto ripetendo. Io... È una tragedia, signora. Una vera tragedia.»

Sara lo osservava, concentrata. La sua mente così lucida, malgrado il dolore, riconosceva i segni di un assoluto sconvolgimento. Quell'uomo era distrutto. Per paradosso provò più pena per lui, condannato a una specie di inferno, che per il corpo senza vita sul tavolo dell'obitorio. «Mi racconti tutto, per favore. Tutto.»

Terzani rispose con estrema lentezza. «Stavo tornando a… Insomma, ero stato a teatro, il *Lohengrin*, potete verificare, andavo piano… Quello è un punto in cui non si vede niente, ma ho i fari buoni. Solo che c'è una curva e… Con la coda dell'occhio ho notato la luce del telefonino, perciò lo so che… Il ragazzo teneva il cellulare in mano. Io ho pure suonato, ma lui è avanzato di un passo… Poi si è fermato, e…» Guardò la sigaretta ormai spenta tra le dita, come se non l'avesse mai vista. Piegò le labbra in un sorriso incerto, sembrava si stesse scusando: «È una delle principali cause del cancro, il primo fattore di rischio. E io lo curo, il cancro. Che fesso, eh? Che fesso».

«Dottore, ha detto che prima si è fermato. Che significa?»

L'uomo la fissò, pareva non comprendere la lingua. «Sì, lui… lui si è fermato, come per lasciarmi passare. L'ho visto bene. Aveva il telefonino in mano… Non vicino all'orecchio, in mano, forse per scrivere o ricevere un messaggio. E, all'improvviso, quando io ormai stavo andando, è venuto avanti di corsa, quasi…»

«Secondo lei…»

Da lontano si sentì l'urlo di un'ambulanza in arrivo. Terzani ricominciò a piangere:

«Era come se… come se avesse voluto buttarsi sotto la mia macchina».

Un colpo di vento sullo sportello, e Sara sobbalza quasi fosse stata svegliata di soprassalto. Invece è presente a se stessa, al massimo della concentrazione. Sta tracciando le linee tra i punti, per disegnare il suo elefante. Per verificare se per caso non ha sbagliato, e qualche linea non doveva invece unire altri punti.

«Come se avesse voluto buttarsi» aveva mormorato tra i singhiozzi l'ometto coi capelli tinti. *Come se.*

Allora, pensa, dovevo andare a vedere. E ci sono andata.

In deroga alle procedure, Silvani accompagnò Sara sul luogo dell'incidente. Il poliziotto lasciò il giovane collega in ospedale con Terzani. Il medico si era rifiutato di tornare a casa dalla moglie che, alle prese col mal di testa, evidentemente non doveva essere troppo in pena.

A Sara sembrava di essere immersa in una specie di nebbia, i movimenti e i pensieri erano rallentati, i sensi intorpiditi, come se l'avessero privata della capacità di leggere gli altri e interpretarne i segni. E la notte iniziata con lo squillo del telefono si dilatava, inghiottendo parole e immagini senza finire mai.

Una volante col lampeggiante acceso impediva il passaggio delle poche auto che transitavano a quell'ora in zona. Un agente sonnacchioso con una paletta in mano se ne stava appoggiato alla fiancata della macchina, mentre il compagno era seduto all'interno.

Quando Silvani e Sara giunsero sul posto, quello fuori bussò al finestrino, e l'altro uscì in fretta stringendo il nodo allentato della cravatta. Silvani presentò la donna come una collega, senza specificare il grado di parentela con la vittima.

Lei finse di non cogliere la smorfia interrogativa dell'agente con la paletta e si avvicinò.

L'uomo disse:

«Il magistrato è appena andato via, abbiamo effettuato i rilievi. È tutto a posto. La collega perché è qua?».

Silvani lo trapassò con lo sguardo:

«Perché ci deve stare, tu mettiti a disposizione».

Sara domandò a bassa voce:

«Il punto preciso?».

Il poliziotto indicò con la paletta all'interno dell'area in cui era impedito il passaggio. C'era una macchia a terra, un disegno col gesso.

Lei aspettò invano lo tsunami. «Il cellulare?» chiese.

L'uomo la fissò con un'espressione interrogativa.

«Secondo l'investitore aveva un cellulare in mano. Dov'è?»

«Ah, sì. *Quel* cellulare. È distrutto, ci è passata la ruota sopra. Sta in macchina, lo piglio subito.» Si sporse all'interno dell'abitacolo e tirò fuori una busta trasparente che allungò a Sara.

I resti del telefono per qualche strano motivo la impressionarono quanto il corpo sul tavolo dell'obitorio, e anche di più. Il display era frantumato, la cover colorata, con sopra lo stemma della squadra di calcio della città, spaccata. Giorgio era un tifoso, quindi. Non lo aveva mai immaginato. L'informazione rientrava nel miliardo di cose che ignorava del figlio. Il modello era di quelli nuovi, uno smartphone. A stento sarebbe stata capace di accenderlo. Una vita ad ascoltare telefonate, e ora con quel coso avrebbe avuto difficoltà perfino a chiamare qualcuno. L'apparecchio era stato schiacciato dalla ruota. E la pressione aveva aperto il vano della minuscola scheda, altrimenti accessibile solo con qualche strumento appuntito.

Approfittando dell'oscurità che regnava fuori dalla portata del lampeggiante e del breve scambio di chiacchiere tra Silvani e il collega di guardia, Sara intascò con un gesto rapido la SIM. Poteva sempre essere andata perduta, no? In fondo, era solo un incidente.

Solo un incidente.

Restituì ciò che rimaneva del cellulare, e senza voltarsi verso la macchia a terra chiese:

«Dove abitava… la vittima?».

La vittima.

Silvani le lanciò un'occhiata carica di perplessità.

L'agente indicò il portone di un'elegante palazzina dall'altra parte della strada.

Stava portando il cane fuori per un giro, ricordò Sara. Quindi si avviò decisa, controllando che non arrivassero auto. La visuale era abbastanza ampia, nonostante la curva. Era buio, d'accordo, ed era possibile che Terzani non l'avesse visto; ma lui, Giorgio, non poteva non essersi accorto dell'arrivo della macchina. «Come se si fosse buttato» aveva detto il medico.

Silvani salutò in fretta il collega e seguì Sara, che si era fermata davanti ai citofoni. Il poliziotto indicò la targhetta con la scritta: ALBERTI – VISCO.

La donna però era occupata a leggere gli altri nomi.

Quindi annuì, e premette il pulsante. Le aprirono senza fare domande.

Giorgio aveva abitato al secondo piano. La porta sul pianerottolo era socchiusa, dall'interno proveniva un gemito sommesso. Li accolse una donna in divisa sulla cinquantina, il viso un po' indurito ma dai bei lineamenti.

Silvani disse:

«La collega De Marco, della questura. Le chiediamo di intervenire, in questi casi, per… per i parenti, insomma. Lei è Sara Morozzi. Primo dirigente, in congedo. È la madre della vittima».

L'espressione della De Marco non si ammorbidì. Forse aveva appreso la storia della famiglia mentre assisteva la ragazza di Giorgio.

Sara percepì il solito fastidio a metà tra lo scrupolo di coscienza e l'indisponibilità a essere giudicata. Roba vecchia.

L'agente domandò:

«E in quale veste è qui, il primo dirigente in congedo?».

Lei si sentì investire da una fredda ira. Bene. Significava che era ancora viva. «In veste dei cazzi miei, colle'. Ora levati dai coglioni e portami dalla compagna di mio figlio.»

L'altra sbatté le palpebre, come se avesse preso uno schiaffo improvviso.

Silvani tenne gli occhi bassi, concentrandosi sulle punte dei piedi.

Dopo un tentativo fallito di reggere lo sguardo di Sara, la De Marco li precedette all'interno. La casa era piccola ma molto graziosa, piena di fotografie, libri e soprammobili. Un posto vissuto. Un posto felice.

Il pianto proveniva dalla cucina, in fondo al corridoio. Nei pressi della porta la poliziotta fece cenno a Sara di attendere ed entrò. Si udì bisbigliare, poi una voce di donna parlò con durezza:

«E con che faccia viene qui, proprio adesso? Viola non ci vuole parlare, glielo riferisca pure».

Allora Sara, decisa, varcò l'uscio.

Oltre alla De Marco, nella stanza c'erano due donne. Una giovane incinta, i lineamenti sconvolti dal dolore, gli occhi fissi davanti a sé, e una cinquantenne dall'espressione determinata, in piedi con una mano sulla spalla della ragazza. Si somigliavano molto.

Con una certa sorpresa Sara capì che a gemere era una cagnetta meticcia di taglia media, ferma vicino alla soglia del terrazzino. Ignorò lo sguardo soddisfatto della De Marco e parlò alla giovane seduta:

«Me ne vado subito. Ho solo bisogno di qualche...».

La più anziana sibilò:

«Mia figlia dev'essere lasciata in pace. È incinta, e ha appena perso il suo compagno. Non ci si presenta a casa delle persone così, in piena notte a...».

Sara la fissò con freddezza. «Mi scusi, io non sono qui per lei. Mi servono alcune informazioni. Non volete capire meglio cos'è successo?»

La De Marco intervenne, acida:

«La signora Rosaria Visco, madre di Viola, è la proprietaria di questo appartamento e di quello di sopra, dove abita. E ha il pieno diritto di non gradire visite». Quindi si rivolse direttamente alla padrona di casa: «Devo accompagnarla fuori, signora? Basta che me lo dice e provvedo».

Provaci, pensò Sara. Provaci, e paghi tu per tutti.

Prima che la madre rispondesse, Viola parlò con una voce calda e bassa, increspata da un tremito lontano:

«Mamma, per favore. Sentiamo che vuole».

Rosaria aprì la bocca, ma la richiuse subito. Restò impettita al fianco della figlia, la mano ferma sulla spalla come ad affermarne la proprietà.

Sara si rese conto della precarietà della situazione e chiese, rapida:

«Era normale che uscisse col cane a quell'ora?».

Viola confermò:

«Sì. Giorgio è... era uno scienziato, si comportava in maniera metodica. Io lo sfottevo per questo, sono una fotografa, e sono anche disordinata. Tutto il contrario di lui».

«Ti ha per caso riferito di qualche discussione o litigio sul lavoro negli ultimi tempi? Anche un dettaglio, un particolare.»

Fissando la De Marco, Rosaria intervenne, disorientata:

«Ma... mi scusi, ci sono evidenze che... Non è stato un incidente, allora? Di che parla questa donna?».

La poliziotta si rivolse a Sara:

«Non capisco a che gioco stai giocando, ma di certo so che non ti è consentito presentarti qui a...».

Viola la interruppe:

«No, niente di niente. A Giorgio volevano tutti molto bene. Aveva un carattere dolcissimo, sono due anni che ci conosciamo e non l'ho mai visto litigare con nessuno».

La De Marco riprese:

«Adesso basta, ti accompagno fuori. Non me ne starò qua ad assistere a...».

Sara scrollò brusca la mano che l'altra le aveva appoggiato sull'avambraccio. Non aveva mai spostato gli occhi dal viso di Viola. La bastardina continuava a guaire. «E dove lavorava?».

La ragazza mormorò:

«All'università, dipartimento di Chimica organica. Era ancora un ricercatore, aspettava il concorso. Ma era bravissimo, davvero bravissimo».

Rosaria s'intromise, velenosa:

«Scusi, risponda lei a una domanda: ma come si può abbandonare un figlio piccolo, me lo vuole spiegare? Giorgio non la nominava mai, e ogni volta che qualcuno gli chiedeva, sorrideva triste e cambiava discorso. Dov'era lei, quando ha avuto bisogno di una madre?».

Sara la ignorò, rimanendo concentrata su Viola. La cagnetta gemette e la giovane spiegò:

«Lo sta aspettando. Era sua, l'aveva già da prima. Piange, quando lo aspetta. Adesso come farò? Piangerà sempre».

Sara le disse:

«Tornerò. Te lo prometto».

Poi si rivolse alla madre:

«Mi ero innamorata. Giorgio non ha voluto incontrarmi più».

Quindi si girò e se ne andò.

Le linee e i punti. Mentre tiene gli occhi fissi sulle foglie che si alzano volteggiando come in una specie di girotondo, per poi ricadere al calare improvviso del vento, Sara continua a ripercorrere ogni singola azione che ha compiuto, il tragitto tra una tappa e l'altra, momento dopo momento.

E anche a prescindere dalle conclusioni alle quali è giunta, non può non interrogarsi ancora sul motivo che l'ha spinta ad agire in quel modo.

Massimiliano sosteneva che era testarda. Che quella, alla fine, era la caratteristica fondamentale della sua esistenza. Magari poteva metterci un po' a decidere, ma se imboccava una strada, la percorreva fino in fondo, senza esitazioni. Glielo ripeteva sorridendo, con quel suo modo strano di piegare la testa:

«Anche con me è stato così, quando hai compreso che ero il grande amore della tua vita. Io l'avevo capito appena ti ho vista entrare nel mio ufficio, il giorno in cui hai preso servizio. E da allora non è esistito altro futuro al di là di noi due, figli o non figli, matrimonio o meno. Solo noi due».

Derogando al percorso tra linee e punti, Sara rifletté che non si era mai pentita di aver rinunciato a tutto per

Massimiliano. Mai. Nemmeno quando aveva dovuto assisterlo durante la malattia. Solo loro due.

Giusto così, no? Giusto così.

Allora, perché sei qui adesso?, si chiede. Ognuno prende la sua strada. Mica sei un giudice, tu. Sei soltanto una poliziotta in pensione. Che è rimasta sola.

«Testarda» diceva Massimiliano. «Una dannata, meravigliosa testarda.»

Sara ricomincia a seguire la linea, fino al punto successivo.

E il punto successivo è Teresa.

Davanti al portone, un po' defilato sulla sinistra, c'era un bar.

Un tempo il locale aveva avuto ambizioni di caffetteria, perciò con un certo sforzo finanziario si era dotato di finiture in legno scuro, tavolini dal piano in cristallo e poltroncine coi braccioli. Il banco era stato sostituito da un affare alto e cromatissimo, con ben due vetrine separate, una per la pasticceria, l'altra per la rosticceria, e una spettacolare macchina per il caffè, su cui spiccavano delle lunghe leve e uno sfiatatoio del vapore che ricordava una locomotiva di inizio secolo. Ma quella non era zona dove sorbire tè col mignolo alzato, assaggiando biscottini al burro, così ben presto si era tornati agli espressi veloci con cornetto al banco e al panino per gli impiegati all'ora di pranzo, insieme al conseguente, progressivo degrado degli arredi.

Tavoli e poltroncine però erano sopravvissuti, e Sara

si accomodò al solito posto, in un angolino appartato dal quale si vedeva chi entrava e usciva dal palazzo.

L'ufficio, ovviamente, non aveva alcun contrassegno. Non c'erano nomi sul citofono né targhe sulla porta. L'attività svolta là dentro da una dozzina di donne e uomini era forse la più riservata che ci fosse. Accadeva di rado che qualcuno chiedesse cosa diavolo facessero in quel palazzo grigio e anonimo; la prima regola del luogo era pensare agli affari propri. Se capitava, allora rispondevano che si occupavano di importazioni ed esportazioni come indicava la vecchia insegna sull'edificio.

E in un certo senso era vero.

Il proprietario del bar le aveva rivolto un brusco cenno della testa. Si erano incontrati tre volte al giorno per più di vent'anni, senza parlarsi mai. Niente di più intimo di quel gesto. E le aveva portato anche il doppio caffè ristretto e lo zucchero, come ai vecchi tempi. Come se non fosse passato un solo giorno da quando se n'era andata.

Sara non aveva bisogno di guardare l'orologio. All'ora esatta in cui l'aspettava, la bionda uscì dal portone e attraversò la strada con ampie falcate delle lunghe gambe, lanciando un'occhiata a destra e una a sinistra. È una tipa attenta, considerò Sara. E per chissà quale motivo, il pensiero la rassicurò.

Appena entrata nel locale, Teresa la vide. Regola numero uno: controllare l'ambiente. Quindi si avvicinò e sedette sulla poltroncina accanto alla sua, fissando Sara con evidente curiosità.

Teresa era stata stupenda, ed esercitava ancora un incredibile fascino: aveva i capelli dorati, gli occhi azzurri segnati da qualche ruga, gli zigomi alti, le labbra piene, la figura snella. In passato, fianco a fianco negli uffici dell'unità ad ascoltare e trascrivere, avevano scherzato spesso sul fatto che avrebbe potuto diventare un'attrice, guadagnando un sacco di soldi e divertendosi molto di più. «Più di così?» rispondeva sempre Teresa indicando le cuffie e i blocchi di appunti. E poi ridevano insieme.

Se mai poteva esserci amicizia in quel posto, in cui si scavava senza interruzione nella melma, dove si svolgeva un'attività delatoria e vile, si mandavano padri di famiglia in galera per decenni, quella era stata l'unica amica che Sara aveva avuto. Una coppia strana, la bella bionda alta e la piccola bruna coi capelli precocemente striati di grigio, dal corpo morbido e dagli occhi profondi; entrambe affascinanti, entrambe silenziose e riservate. Se mai poteva esserci amicizia in quel posto, loro due erano amiche.

Teresa restò a fissarla, compunta. Poi disse:

«Madonna, quanto sei vecchia».

Sara piegò le labbra in una smorfia:

«E ho giusto un anno e mezzo più di te».

Sorrisero, guardando fuori come se ci fosse qualcosa da vedere. Poi Teresa mormorò:

«Ho saputo. Mi dispiace».

L'altra non fu sorpresa. Se c'era un luogo dove le notizie prima o poi arrivavano sempre era quel triste, malmesso stabile dal lato opposto della strada. Si strinse nelle spalle. «Un incidente. Capita, no? E poi, era uno sconosciuto per me. Vent'anni non sono uno scherzo».

La bionda era ammutolita. Dopo un po' disse:

«Capita, sì. Tu come stai? Davvero, intendo».

Sara cercò dentro di sé. La risacca aveva lasciato sabbia asciutta. Dello tsunami ancora nessuna traccia. «Per ora non provo niente. Arriverà dopo, immagino. Aveva una compagna, è incinta.»

Teresa annuì, come se fosse un'informazione fondamentale.

Sara le chiese:

«E tu? Come te la passi?».

L'amica allargò le braccia:

«Penso spesso a te. A Massimiliano, a noi. Io, te e Marco eravamo così giovani, ci sembrava di combattere chissà quale guerra. Di essere fondamentali. Esisteva solo quel maledetto palazzo. Piano piano era normale mollare il resto. Poi loro sono morti, tu te ne sei andata. E io mi chiedo perché sono ancora là. Solo che non ho nient'altro, e ho paura di quello che c'è fuori. Ecco come me la passo».

L'altra tacque ricordando Marco, l'uomo di Teresa, un collega allegro e brillante, impulsivo e intelligente. A un certo punto aveva deciso che era inaccettabile starsene a guardare e aveva chiesto di tornare operativo. Sei mesi dopo, era stato ucciso in un conflitto a fuoco. Erano tempi così.

Teresa la fissò:

«Che vuoi? Perché sei qui?».

Senza rispondere, Sara tirò fuori dalla borsa il portafogli. Aprì la zip, prese un oggetto minuscolo e lo allungò sul cristallo del tavolino.

L'amica studiò la scheda dello smartphone di Giorgio e scosse il capo, come di fronte a un'assurdità. «Conosci le regole, in buona parte le hai scritte tu. Non dovrei salutarti né mostrare di conoscerti. Sei sparita dal giorno in cui ti sei dimessa, e adesso...»

«E adesso sì. E anche in fretta. Per il tempo che è trascorso, Tere'. Per ognuno di quegli anni insieme. Ti prego.»

Senza distogliere gli occhi dal viso di Sara, la bionda allungò la mano e prese la scheda. Poi domandò:

«Che vuoi sapere?».

«Tutto: i messaggi, le chiamate. Immagino che i testi non ci siano, Giorgio non rientrava nei controlli, ma i tabulati sì».

«Figurati, sei rimasta ancora ai tabulati... ora è tutto digitale. Vedo come posso aiutarti. Non tornare, però: ti chiamo io.» Quindi Teresa si alzò e uscì dal locale a passo svelto, senza guardarsi indietro. Attraversò la strada e s'infilò nel passato.

Adesso Sara pensa all'amica dai capelli biondi, e a come ha imparato l'arte dell'attesa.

Le volte che sono rimaste insieme, sere e notti e albe e mattine, e di nuovo sere, senza un diversivo o una distrazione, aspettando un movimento, un segnale o una parola, pronunciata spesso in dialetti così stretti da risultare quasi incomprensibili a quelli che non possiedono il loro speciale talento.

Pensa alle poche volte che si sono trovati in quattro, con Marco e Massimiliano. Strane vigilie di Natale, un po' rubate alla sorte e al lavoro, qualche silenzio, nessun imbarazzo. Altri mondi, mariti e mogli e figli, lasciati alle normali esistenze della gente normale. Loro no. Loro ascoltavano in cuffia le vite degli altri, ne trascrivevano i sentimenti e le preoccupazioni, scavavano nella banalità alla ricerca delle perle rare del tradimento.

Forse è stata Teresa, ragiona Sara unendo i punti con le linee mentre il vento gioca con qualche cartaccia; rivederne il volto, ascoltarne la voce dopo tanto tempo, le ha fatto venire in mente le carte di Massimiliano.

O forse sarebbe successo in ogni caso.

Quando lo aveva incontrato, era il capo dell'unità. Un uomo mite, dolcissimo e silenzioso, che l'aveva incantata con un unico luminoso sguardo; eppure aveva imparato presto cosa si nascondeva dietro quei silenzi, anche se mai era riuscita a toccarne il fondo pieno di ombre e segreti. Al contrario di lei, un'operativa che stava in trincea, Massimiliano aveva alle spalle trent'anni di strategie e di decisioni terribili. Uomini e donne censiti con rigore, classificati e catalogati al fine di seguirne le esistenze anche nei minimi dettagli o cambiamenti, l'intero Paese scandagliato negli anni in cui erano in atto decine di guerre sotto traccia, invisibili ai più ma non per questo meno cruente e mortali. Certo, era roba da scrivania. Per lui, però, la distinzione tra lavoro e vita non esisteva.

Sara ricordava le notti insonni, il secondo ufficio allestito nella cantina dell'appartamento comprato proprio per quel motivo, i dossier con le facce e i trascorsi della gente, gli indirizzi e i precedenti, le realtà visibili e quelle sommerse. Non era passato troppo tempo, in fondo. In quell'ambiente senza aperture, tenuto al fresco dal ronzante aeratore, era custodito l'archivio più completo dei delitti nascosti di un'intera nazione nel periodo più buio. La porta dello scantinato era sbarrata dal giorno in cui Massimiliano le aveva chiesto di non aggiornare più gli incartamenti, ma Sara non aveva dimenticato quel fiume vorticoso di dati, di informazioni, di volti.

Con l'università era stata fortunata, in un certo senso.

Magari la stessa fortuna l'avrebbe avuta anche in altri ambienti; o avrebbe comunque trovato una pista, qualcuno da ascoltare c'era sempre.

Per due giorni era rimasta su una panchina, davanti al dipartimento di Chimica, memorizzando gesti e lineamenti. Perlopiù si trattava di giovani, indaffarati e occhialuti studenti in camice, coi libri in mano, le cuffiette nelle orecchie e i panini consumati in fretta. Poi però aveva individuato un viso, e le era tornata in mente qualcosa che anni prima aveva archiviato nei fascicoli.

Sapeva aspettare. Quindi aspettò.

Finché non vide un uomo con un camice sedersi a fumare fuori dalla porta col maniglione antipanico, insieme a un altro tizio e a una donna.

Sara si avvicinò e gli rivolse un cenno:

«Chiedo scusa, permette una parola?».

Quello corrugò la fronte, cercando di capire se la conoscesse. Decise di no, scrollò le spalle e si rimise a chiacchierare con gli altri due. Allora Sara mormorò in tono sommesso ma perfettamente udibile:

«6 ottobre '68».

L'uomo riuscì a mantenere il controllo. Non sbiancò, non sobbalzò. Continuò a sorridere mentre tirava un'ultima boccata. Quindi spense il mozzicone e disse:

«Scusatemi. Ci vediamo dentro».

Dopo si girò e prese con delicatezza il braccio di Sara, come se fosse una vecchia conoscenza di cui aveva tardato a ricordarsi:

«Ehi, tutto bene? Vieni, che mi racconti».

Si allontanarono di qualche passo, sotto lo sguardo appena velato di curiosità dei due colleghi. Quando furono a distanza di sicurezza, l'uomo ringhiò:

«Lei chi è? E che cazzo significa quella data?».

Sara rispose, calma:

«È solo una data. Poi ci sarebbe anche un posto, piazza Sannazaro. E tutta la storia, davvero interessante, di un tizio che si fingeva amico di qualcuno e invece non lo era. Che aiutò a organizzare un certo incontro, e andò a finire piuttosto male».

L'uomo sbatté le palpebre e lei notò che dimostrava anche più dell'età che aveva.

«Mi confonde con qualcun altro, e non capisco di cosa sta...»

Sara lo interruppe, quasi stesse recitando una preghiera:

«Lucio Mascolo, nato a Casoria il 3 novembre del '59. Militante nei gruppi comunisti rivoluzionari, in realtà un agente dei Servizi e un fiancheggiatore di Terza Posizione».

«Io non...»

«Certo, adesso sei Luigi Mastrangelo, tecnico di laboratorio, con moglie e due figli: uno studente fuori corso e l'altra insegnante elementare. Chissà se sei sempre fascista. Di nascosto. Se qualche notte ti svegli per i morsi della coscienza, e se vedi ancora il sangue sul selciato di piazza Sannazaro.»

Gli occhi dell'altro cambiarono colore, velandosi di angoscia. «Io ho pagato, cazzo! Non ho mai smesso di pagare, e ho chiuso con quella faccenda! Tu da quale fogna sei saltata fuori, maledizione? Chi cazzo sei?»

Sara lo fissò inespressiva:

«Togliti quei cazzi dalla bocca, quando ti rivolgi a me. E tra noi due basta che io sappia tutto di te, non serve altro. Stai tranquillo, me ne fotto della tua coscienza e pure del tuo passato. Mi servono informazioni, e se sarai esauriente, sparirò come sono comparsa. Altrimenti, diventerò il peggiore degli incubi».

Sia Lucio sia Luigi restarono a bocca aperta. «Quali informazioni? Non frequento nessuno di quelli da almeno vent'anni!»

Sara fece una smorfia:

«Non è vero, non prendermi per il culo, continui a

sentirti con almeno tre di loro. Ma non me ne fotte niente, adesso. Ho bisogno di altro».

Mascolo si guardò attorno, poi domandò:

«Di cosa?».

E la donna parlò.

Alla fine Lucio, con un sorriso che si andava allargando sul volto, disse, sorpreso:

«Solo questo? Le interessano i pettegolezzi del dipartimento? E perché?».

La donna indurì il tono:

«Mascolo, alla prossima frase che non è una risposta me ne andrò e la tua vita com'è adesso sarà finita. Ti verranno a prendere, e non vedrai mai più il cielo».

Un uccello cantò a poca distanza, facendo sobbalzare l'uomo, che rispose in fretta:

«Alberti? Un ottimo ragazzo, tra i migliori. L'incidente ha sconvolto tutti. In particolare la Pratella, la direttrice. Loro due erano molto, molto legati. L'ha voluto lei, qui. Gli aveva dato il posto, e un paio di progetti di ricerca importanti».

«Raccontami di lei, della direttrice.»

Lucio si passò una mano tremante sulla faccia. «Questo dipartimento è tranquillo, fuori dalla calca e da certi interessi. Lavoriamo con serenità, gli studenti girano, arrivano e se ne vanno, molti però chiedono di restare anche senza essere pagati. Silvia, la Pratella, è brava ed è piuttosto giovane per il ruolo che ricopre: è sulla cinquantina. Ha un marito e un paio di figli grandi. Quartieri alti. Un buon capo.»

Sara sogghignò, beffarda. «Sono informazioni che ho già. Stupiscimi, Mascolo. Altrimenti decido che non mi servi, e allora ti accartoccio e ti butto nell'organica.»

Lucio quasi strillò, la voce vagamente in falsetto:

«Senta, io non m'impiccio degli affari degli altri, non attiro l'attenzione su di me. Questo è un ambiente piccolo, si chiacchiera. Posso raccontarle qualche voce, ma non mi metto certo a cercare le prove dei pettegolezzi».

«E allora raccontameli, 'sti pettegolezzi. Non ho tempo da perdere.»

Mascolo si passò la lingua sulle labbra:

«Il dottor Alberti, glielo ripeto, era un bravo ragazzo, sempre gentile e allegro. Anche un bel ragazzo. La Pratella, be', si cura molto. Si mormorava che... Cioè, io non li ho mai visti in atteggiamenti ambigui, intendiamoci, ma lui era un po' il preferito, e lei l'ha infilato in un progetto che curava in prima persona. Restavano in ufficio fino a tardi».

«Insomma, avevano una relazione?»

L'uomo fece spallucce:

«Così si diceva in giro. Ma forse era solo invidia. Lui ha una compagna, che adesso è pure incinta, poveretta. E il marito di lei è un pezzo grosso, un industriale farmaceutico, di certo non si mette a rischio un matrimonio così per un ragazzo carino. Poi lei è stata male, è mancata per qualche mese, e al suo ritorno sono sembrati più distanti».

«In che senso "è stata male"?»

«Nessuno l'ha capito, di preciso. Doveva essere un problema serio, però. Quando è tornata, era la metà. Comunque si è ripresa presto e ora è di nuovo come prima.»

Sara valutò l'informazione:

«E dopo l'assenza com'era con lui?».

Lucio scosse il capo:

«Io li avrò incrociati un paio di volte. Mi parevano più freddi, più... professionali. Ma è solo un'impressione».

«E Alberti che umore aveva negli ultimi tempi? Era triste, depresso?»

Mascolo sembrò riflettere per qualche istante:

«No, non mi è sembrato. Certo, uno che aspetta il primo figlio e ha un carattere estroverso come il suo avrebbe dovuto sorridere di più, secondo me; ma depresso no».

Prima che Sara potesse formulare altre domande, le arrivò un messaggio. Sul display del cellulare il numero era anonimo.

Teresa.

Senza salutarlo, diede le spalle a Mascolo e se ne andò.

Tracciando la linea che unisce il punto di Mascolo, diventato Mastrangelo, a quello di Teresa, Sara riflette sulla strana costante di quelli che, dovendo cambiare nome, finiscono sempre per conservare le stesse iniziali. Per le camicie, magari: anche se tende a escludere che un soggetto come Lucio possegga camicie con un ricamo personalizzato.

Chiusa nell'abitacolo, in attesa, Sara medita sugli snodi. Perché è vero, i punti e le linee sono tutti uguali: ma è anche vero che certi incroci sono rivelatori.

Molto rivelatori.

Prima di rivedere Teresa per le informazioni che l'amica aveva trovato, Sara decise di passare da un'altra parte.

Ricostruire con più particolari il passato di Giorgio le avrebbe consentito di dare il giusto peso alle notizie, abbreviando il tempo che le serviva per collegare gli ultimi punti. Ma non era per quello che Sara voleva incontrare di nuovo la compagna del figlio.

Si sistemò più o meno all'altezza del luogo dove era avvenuto l'incidente. Il traffico era stato riaperto quasi subito, aveva piovuto un po', ed erano bastati pochi giorni per cancellare ogni traccia dell'accaduto. Niente macchia a terra, niente frammenti di parabrezza, niente di niente. Solo un mazzo di fiori appoggiato all'albero su un lato della strada, col cellophane inzaccherato di fanghiglia. Pochi giorni, e nulla più.

Sara sapeva attendere, e attese. Passò un'ora, ne passò un'altra. Certo, c'era la possibilità che a uscire non fosse la giovane, ma la madre; eppure era convinta che sarebbe stata proprio Viola, e lei avrebbe avuto la sua occasione.

Ebbe ragione.

La ragazza varcò il portone all'ora di pranzo, quando il transito di veicoli era scemato sensibilmente. La cagnetta la precedeva trotterellando, la coda alta, il naso in cerca di novità. Viola indossava un cappotto col bavero rialzato e portava un cappello di lana. Teneva in mano la paletta per raccogliere le feci dell'animale insieme a un mazzo di chiavi.

Riconobbe quasi subito Sara e senza esitare la raggiunse attraversando la strada, controllando con attenzione a destra e sinistra se venivano automobili. Gli occhi, tra il bavero e il copricapo, erano arrossati, cerchiati dal sonno e dal pianto.

Rimase in silenzio e, dopo un lungo momento, si incamminò piano dietro alla bastardina, che procedeva annusando il muro di fianco al marciapiede.

Sara si mosse a sua volta, seguendo la giovane a qualche centimetro dalla sua spalla, dall'altro lato rispetto alla cagnetta.

Dopo un po' domandò:

«Quindi stavate insieme da un paio d'anni, è così?»

La spalla rispose:

«Sì, e convivevamo da un anno e due mesi».

«Come vi siete conosciuti?»

«In modo banale, a una cena da amici comuni. Era la prima volta che usciva dopo molto tempo. Almeno, così mi raccontò. Strano, perché amava stare in mezzo alla gente, ridere, scherzare. Cantava, perfino, aveva una bellissima voce.»

Sara si guardò dentro, e vide la sabbia arida della

risacca. Dello tsunami ancora nessuna traccia, eppure avrebbe dovuto essere arrivato, ormai. «Il padre era così, suonava perfino la fisarmonica.»

La spalla ebbe un breve sussultò:

«Me l'ha raccontato. Trovava impossibile che si potesse lasciare un uomo come il papà. E un figlio, è chiaro».

Sara ignorò l'allusione. Era abituata a quelle frecciate. Lei stessa se ne infliggeva almeno una decina al giorno, i primi anni. «Cosa conosci del suo passato?»

Viola si voltò, brusca, e strattonò la bastardina che stava orinando. «In che senso? Era un chimico, un ragazzo studioso e onesto, che siccome è stato abbandonato dalla madre quando aveva cinque anni...»

«Sette» precisò Sara in maniera meccanica.

«... è rimasto ad assistere il padre durante i sei anni di malattia...»

«Quattro.»

«Senti, che cazzo vuoi da me? Che senso hanno queste domande? Ha ragione mia madre: io non dovrei scambiare nemmeno una parola con te e rispettare la volontà di Giorgio.»

L'altra lasciò vagare lo sguardo lungo la strada, soffermandosi su un cancello scrostato. «Voglio solo essere certa, tutto qui. Certa di quello che è capitato. Magari è proprio come sembra, a volte è così, un caso. Però ho imparato che nella vita le fatalità sono davvero molto rare.»

Viola sbatté le palpebre, e d'istinto si passò la mano guantata sul ventre:

«Ma perché, pensi che... che non sia stato un incidente?».

«Io non penso proprio niente. Ho bisogno di capire. Perciò mi servi tu. Non è il passato remoto che mi interessa, ma quello recente. Sei certa che non era successo niente? Né litigi né discussioni. Era geloso di te?»

«Chi, Giorgio? No. Non gliene davo motivo, nelle mie condizioni, poi... Il tempo libero lo trascorrevamo insieme. Nessuna gelosia.»

Sara annuì con lentezza. Una moto sfrecciò rumorosa, squarciando il silenzio di quella strada residenziale. «E tu? Eri gelosa di lui?»

La ragazza serrò le labbra:

«Giorgio... Insomma, a quanto mi ha raccontato, ha avuto solo una storia seria. Non toccava l'argomento volentieri, e io non chiedevo».

«E non eri curiosa?».

«Non è questo, magari lo ero anche. Ma avevo un po'... paura, forse. Hai presente quando temi di scoprire che sei e sarai sempre meno importante? Quando hai paura di dover combattere contro un fantasma?»

Sara rifletté. Sì, aveva presente. Lei con i fantasmi combatteva di continuo.

Viola riprese:

«Credo fosse qualcuna del vecchio lavoro, magari del periodo in cui era stato stagista presso un'azienda farmaceutica. Una volta si lasciò scappare che era una storia senza futuro, che lei era sposata e lui l'aveva scoperto dopo. Ma ti ripeto, evitava di parlarne. E io non insistevo».

La bastardina si mise in posizione, e la giovane preparò la paletta.

«Che farai, adesso?» chiese Sara. «Hai come... coi soldi sei a posto?».

La ragazza si voltò verso di lei, gli occhi cerchiati colmi di stupore:

«Perché, vorresti darmi una mano? Per metterti in pace la coscienza? No, grazie. Noi stiamo bene, io sono figlia unica e mia madre è ricca. E poi non credi che per rispetto a Giorgio io il tuo aiuto non potrei mai accettarlo?».

Sara si mise a osservare la cagnetta intenta a espletare i propri bisogni. A un tratto mormorò:

«Non lo so. Non lo so come sarebbe andata, se fossi venuta a cercarlo, prima o poi. Magari il rancore gli sarebbe passato, o gli era già passato. Il permanere di certi sentimenti è delle donne, non degli uomini».

Viola tacque, assorta. Alla fine domandò:

«Hai detto che ti sei innamorata. Che significa?».

Sara rivide davanti agli occhi Massimiliano. Non com'era alla fine, nel letto dell'ospedale, rinsecchito e annichilito dalla malattia, quando aveva sentito defluire la vita dalla mano che gli stringeva, ma quando lo aveva incontrato per la prima volta, seduto alla sua scrivania, in mezzo a tre assistenti, che sollevava gli occhi su di lei e con un gesto lento si toglieva gli occhiali per guardarla meglio. «Significa che certe passioni, se si ha la fortuna di provarle, si riconoscono. E che si può scegliere se essere sinceri e seguirle alla luce del sole, o vigliacchi e consumarle in segreto. Ma a quelle passioni è impossibile rinunciare.» Tolse la paletta dalle mani della ragazza per impedirle di abbassarsi, raccolse le feci dell'animale e alla fine estrasse la bustina. Alzò di nuovo lo sguardo sul viso di Viola e riprese a parlare: «Io non sono stata capace di essere madre, d'accordo. Chissà, magari potrei provare a essere un po' nonna. Se sopravvivo a tutto questo».

La giovane aveva negli occhi tutta la malinconia del mondo, ma le disse, piano:

«Io non priverei mai mio figlio di una nonna. Mi pare già abbastanza svantaggiato negli affetti, ti pare?».

Sara annuì, seria. Quindi accennò un sorriso, così breve che l'altra dubitò di averlo visto davvero; poi si girò e se ne andò.

Adesso che il tempo è quasi concluso, Sara ripensa a Viola. Mentre il vento sferza la macchina, pensa a Viola. Mentre la mente si danna per disegnare ogni linea tra i punti, e mentre quasi per magia la figura nascosta dietro i numeri si compone, Sara pensa a Viola.

E allora non può non pensare alle proprie decisioni, alla strada che ha scelto tanti anni prima. A quanto sia stata giusta, a quanto possa essere stata sbagliata. Ma, si risponde come sempre, chi è che stabilisce quello che è giusto e quello che è sbagliato?

Certo, la morale comune impone che una madre non volti le spalle a un figlio di appena sette anni. Certo, se si prende un impegno come il matrimonio, si dovrebbe mantenerlo. Certo, chi se ne va ha torto. Sempre.

Ma anche il defunto padre di Giorgio aveva i suoi torti, per quanto fosse probabile che il ragazzo non l'avesse mai scoperto. Una bella, lunga relazione clandestina con una collega sposata, per esempio. Venuta a conoscenza del tradimento durante un'intercettazione ambientale, un'agente che lavorava con Sara si era sentita in dovere di riferirglielo senza la minima esitazione.

Ognuno compie i suoi errori, pensa senza distogliere lo sguardo dal portone, con le foglie che si alzano e cadono a intervalli. E li paga.

Sara fantastica sull'ipotesi di futuro, perché alla fine ognuno ha un futuro. Magari potrebbe provare a essere nonna. Sempre se la notte finirà nel verso giusto. Questa notte, o una delle successive. Quando tutti i punti saranno stati collegati, e la figura complessiva non avrà più segreti.

Ma adesso c'è da ultimare la ricostruzione.

Con calma e senza fretta, la mente unisce il punto precedente a quello successivo.

E il punto successivo non può che essere Teresa.

Attese al tavolino del bar, ma era certa che non si sarebbe fermata. Se le informazioni erano parecchie, se non si trattava di un "Non ho trovato niente", allora Teresa avrebbe proseguito sicura, sul suo lato della via, senza nemmeno accertarsi che Sara fosse al solito posto.

Lei però c'era, e scorse l'amica uscire dal palazzo grigio e imboccare la traversa con passo tranquillo ma non troppo lento, come chi ha una commissione da sbrigare e sa esattamente quanto ci vorrà.

Aspettò qualche secondo, poi uscì mettendo i soldi per il caffè sul ripiano del banco.

Il proprietario non sollevò nemmeno lo sguardo dal bicchiere che stava asciugando. Sara considerò che avrebbero dovuto assumerlo, prima o poi.

L'aria era umida, e stava venendo sera. Lasciò sempre che almeno una decina di persone si frapponesse tra lei e Teresa, che camminava dall'altra parte della via. Quindi la vide infilarsi in un negozio di abbigliamento a più piani. Sorrise, era la scelta più saggia, il posto migliore per non essere notate: merce di valore troppo basso per giustificare la presenza di telecamere di sorveglianza, e un grosso bodyguard nero all'ingresso a scoraggiare i curiosi.

Sara non credeva che quelle cautele fossero necessarie, ma certe abitudini erano difficili da perdere e la diffidenza rientrava tra queste.

Il reparto femminile era al secondo piano, affollato da una schiera di galline alla ricerca di una gonna sexy a basso costo. Teresa non c'era. Borse e valigie, terzo piano. Troppo silenzio tra gli scaffali, e Teresa non c'era. Biancheria per la casa, quarto piano, ed ecco l'amica intenta a rovistare tra le lenzuola.

Sara si avvicinò, e finse di scegliere un plaid in pile.

Senza alzare gli occhi dalla merce, la bionda disse:

«Notevole, il contenuto della scheda».

«Che intendi?»

Un sorriso fugace, a occhi bassi. «Cazzo, sessanta euro queste. E sono pure brutte, ma la gente che gusti ha? Insomma, chiamate senza interesse perlopiù: Viola, la madre di Viola, un tizio con cui giocava a calcetto, pare. Poi c'erano i due messaggi».

Sara rifletté:

«I due messaggi... Quindi erano ricorrenti».

Teresa sollevò la tela in controluce:

«Brava la mia ragazza. Molto ricorrenti. Per la precisione uno di mattina e uno a mezzanotte, da circa diciotto mesi».

«E a chi?»

«Al tempo, Sari'. Al tempo. Ti ho preparato un po' di documentazione, lascio la busta qui tra i coordinati, prendila dopo che me ne sarò andata. Ed è inutile ricordarti che noi senza un mandato mica possiamo leggere i messaggi o ascoltare le conversazioni. I tempi sono cambiati. E magari adesso nemmeno vale la pena.»

Sara sbuffò, continuando a esaminare perplessa una coperta scozzese:

«Non uscirtene con queste stronzate, Tere'. Mai avuto bisogno di un mandato per sentire quello che si dice la gente».

«Vero. Ma questo quando li intercettiamo in diretta, non quando si tratta di roba già successa. Certo, se tuo figlio o la persona a cui scriveva ogni mattina e ogni notte fossero stati sotto controllo, esisterebbero le trascrizioni. Non è così, però. Il che da un lato può intralciarti, ma dall'altro ti deve pure rassicurare, no?»

Sara comprese che era così. «Quindi, che c'è nella busta?»

«Proprio i dati di quella persona con la quale Giorgio scambiava poche ma intense parole, fingendo di portare il cane a spasso, all'insaputa della piccola, ingenua Violetta. Buon sangue non mente. E mi riferisco al padre, non a te.»

La voce di Teresa le arrivava in un sussurro, come se l'amica non stesse muovendo le labbra. Che strana magia, che potere occulto il tempo e il lavoro avevano conferito alle due donne: quello di sentire, di interpretare i segni, di distinguere le parole in un ronzio sommesso che il resto della gente non avrebbe nemmeno riconosciuto come una conversazione.

Sara sussurrò:

«Perché non hai lasciato la busta da qualche parte, allora? L'avrei trovata senza problemi. Bastava un accenno, una parola...».

L'altra scosse il capo, disgustata dal disegno della federa che teneva in mano, e mormorò:

«Dài che ci arrivi. Rifletti e ci arrivi. Non deludermi».

Giusto.

«Devi comunicarmi qualcosa che non vuoi o non puoi scrivere.»

La bionda annuì, e infilò la federa nel cestino che aveva al braccio. Poi si avvicinò allo scaffale degli asciugamani alle spalle di Sara, che la perse di vista.

La voce di Teresa risuonò chiara:

«Ascoltami. Alcuni di noi sono stanchi. Stanchi di

venire a conoscenza di certi fatti, di essere testimoni silenziosi di atrocità, private e pubbliche. Non te lo puoi neanche immaginare, oggi è molto peggio di prima: la Rete, i social... Accadono eventi terribili, e dobbiamo stare a guardare senza poter intervenire».

«E non è sempre stato così? Non abbiamo sempre sentito cose, che abbiamo segnalato senza occuparcene più? Non stava mica a noi...»

L'amica la interruppe:

«No, credimi. Oggi il lavoro consiste nello scavare tra foto, messaggi audio, video... Non puoi capire. È come navigare in un mare di merda, scandagliando il fondale in continuazione. E siamo stufi».

«Stufi? Chi siete?»

«Tu sei brava, Sara. Sei forte, determinata. E sei sempre stata diversa. Anche adesso, con questa storia di tuo figlio... Se la porterai a termine, e io sono certa che ci riuscirai, non sarai più vergine. Ci servi. Ci servi assai.»

«E che dovrei fare?»

La bionda rimase in silenzio. Non aveva ancora lasciato il dossier. Poteva andarsene senza darle quello che le serviva. Sara pensò che magari era già successo, e che alle sue spalle non ci fosse più nessuno.

Poi avvertì di nuovo la voce:

«Il braccio. La mano. Il dito che preme il grilletto. Prima che gli eventi orribili si compiano, oppure dopo, se non siamo in grado di impedirli. Quella che punisce, insomma».

Pur nel silenzio della risacca, Sara avvertì un lungo brivido. «Ma perché io?»

«Perché sei una di noi, perché sei sola, e perché ne saresti capace». Quindi Teresa si voltò e con un gesto rapido inserì una busta tra le lenzuola. «Pensaci, Sari'. Ti cerco io.»

E si allontanò in fretta.

Ora che aspetta di tracciare l'ultima linea, Sara ragiona sulle parole dell'amica.

Chissà, magari ha ragione. Magari è ora di occupare il tempo, di porre fine a quel limbo in cui langue dalla morte di Massimiliano.

Magari tutte quelle cartelline, classificate con attenzione e rigore nelle scaffalature della cantina, possono tornare ad avere un senso.

Per qualche strano motivo la mente va a Viola, la compagna di Giorgio. Curioso come la risacca continui a essere silenziosa e arida, e come lo tsunami di dolore non accenni a manifestarsi; e quanto poco, per paradosso, stia piangendo il figlio, pur muovendosi, con assoluta determinazione, per capire ciò che gli è capitato davvero, al di là delle apparenze.

Viola, invece, con quegli occhi cerchiati e smarriti, con quella bastardina al guinzaglio, con la voglia repressa di affrancarsi dalla madre, le si è piazzata nel cuore. Lei e il suo ventre arrotondato.

Lo sguardo fisso davanti a sé, incassata e invisibile al posto di guida, Sara considera come in qualche modo il ventre di Viola e le parole di Teresa siano due parentesi che racchiudono il futuro.

Sempre se ne avrà uno.

Nel frattempo la mente torna alla busta aperta sul tavolo della cucina, sotto la luce bianca del neon. E ai due fogli che conteneva.

Su uno c'era quello che le serviva per stabilire quale fosse l'ultimo puntino da unire. Sull'altro c'era il gentile omaggio di Teresa, che spiegava tutto.

Tutto quanto.

Silvia Pratella, la direttrice del dipartimento di Chimica che era stata il capo di Giorgio, il giovedì sera andava a un cineforum. Fino a un anno prima, l'appuntamento era stato una copertura per i suoi incontri col giovane; adesso invece ci andava davvero, e da sola.

Il sintetico rapporto di Teresa, redatto col tono asciutto che Sara ben conosceva e che le aveva perfino strappato un sorriso, precisava che la donna era intercettata in maniera indiretta perché il marito, industriale sospettato di finanziare in segreto gruppi di estrema destra, era sotto controllo. Una piccola, imprevista fortuna.

Sara ricordò il dettaglio delle telefonate: il giovedì Giorgio era impegnato a calcetto. Forse anche lui aveva ripreso a giocare con regolarità, dopo la fine della relazione col suo capo.

Aspettò la Pratella all'uscita del cinema, al termine della proiezione di un film polacco; la donna doveva essere davvero un'appassionata. La riconobbe subito avendone cercato immagini recenti in Rete. Era bella, magra e alta, curata ed elegante. La sequenza temporale delle fotografie che Sara aveva trovato restituiva tuttavia un impalpabile, sottile degrado del fisico. L'espressione era diventata triste, c'era stato un lieve dimagrimento e l'ex poliziotta aveva anche avuto l'impressione di un diradamento della capigliatura, ben celato da cappelli portati in quasi tutte le occasioni.

Il secondo foglio nella busta, d'altronde, spiegava i motivi di quel deterioramento appena percepibile.

Silvia Pratella sostò qualche attimo sulla soglia della sala, si guardò attorno e si chiuse meglio il soprabito sul collo; poi s'incamminò, lenta, verso il parcheggio.

Sara l'avvicinò, affiancandola. «La dottoressa Pratella, vero?»

L'altra si fermò, sorpresa:

«Ci conosciamo?».

«No, ma forse abbiamo qualcosa in comune. Anzi, ne sono sicura.»

Lo sguardo di Silvia si piantò in quello di Sara. Una blanda curiosità, un vago interesse; ma anche un sottofondo di malinconia e un latente dolore che alla più anziana ricordarono gli occhi di Viola. Era strano come Giorgio avesse lasciato un cratere incolmabile in donne così diverse, e come in lei, al contrario, la sua morte avesse prodotto un deserto. Con più difficoltà di quanto sarebbe stato immaginabile disse:

«Io sono la... la madre di Giorgio Alberti».

Sorpresa. Un evidente indurimento dell'espressione,

segno che anche a lei il figlio aveva confidato dell'assenza della madre. Nessun perdono, nessun oblio.

«Ah. Allora esiste. E che vuole da me, signora? Io non ho niente da raccontare di Giorgio che possa interessarle.»

Le labbra di Sara si piegarono in una smorfia. «Perché non continuiamo nella sua macchina? Così non prendiamo freddo, qui fuori. E bar aperti, a quest'ora e da queste parti, non ce ne sono.»

«E perché dovrei parlare con lei, scusi? Credo che non abbiamo nulla di cui conversare. E ora che ci penso, nemmeno mi va la sua compagnia. Buona serata.»

Sara era preparata alla reazione, e ribatté in fretta:

«Come vuole. Magari potrebbe interessare a suo marito, impegnato in questo momento nel poker settimanale con gli amici politici, apprendere che quando è stato investito, Giorgio le stava scrivendo il solito messaggio della buonanotte. E che, secondo quanto dichiarato dall'uomo alla guida, se si è gettato di proposito, la decisione può risalire proprio alla fine della vostra relazione. Nel malaugurato caso in cui, è ovvio, questa vicenda dovesse diventare di pubblico dominio». Aveva parlato a bassa voce, quasi un sussurro, tenendo le mani nelle tasche del cappotto, i capelli grigi appena scompigliati dal vento. Anonima, all'apparenza fragile. E invece letale.

L'altra sbatté le palpebre:

«Chi è lei? Come… come ha scoperto che… E come mi ha rintracciata?».

«L'importante sono le informazioni che ho, e soprattutto quelle che voglio. Io le ho spiegato chi sono. Adesso mi dica chi è lei».

Il bel viso della professoressa si contrasse in una smorfia indecifrabile. Poi annuì, e si diresse senza voltarsi verso la propria auto.

Sara le andò dietro e salì dalla parte del passeggero.

Silvia mormorò:

«Vuole sapere se io e Giorgio abbiamo avuto una relazione, se eravamo amanti? Immagino di sì, che sia proprio così. Suo figlio, ammesso che lei sia davvero la madre, è stato il grande amore della mia vita. E io il suo».

«È sicura? Perché poi è finita, giusto? I grandi amori si inseguono, e voi due avete rinunciato.»

La Pratella rise, beffarda:

«Ah, ecco. Lei che fa la morale a me. Lei, che ha lasciato un bambino, e...».

Sara sibilò:

«Io, sì. Perché per l'appunto io l'ho inseguito, il grande amore. Contro tutto, contro il mondo. Per questo posso assicurarle che Giorgio aveva compiuto altre scelte e...».

Silvia la interruppe:

«Lei non sa un cazzo. Sono stata io a chiudere la storia, appena ho scoperto che... Insomma, sono stata io. Gli ho detto che i miei figli avevano bisogno di me, che non potevo lasciarli. Che lo amavo, ma...».

«Ma» la precedette secca Sara, «non era questo il vero motivo, è così?»

Silvia tacque, lo sguardo perso nel vuoto davanti a sé. Le mani le tremavano. Aprì la borsetta, prese una sigaretta ma non l'accese.

«Ha scoperto anche questo, quindi. Sì, la vera ragione era un'altra.»

Sara attese qualche attimo, poi aggiunse:

«Quando le è stata diagnosticata, la malattia?».

La Pratella accese la sigaretta, le dita tremanti. Soffiò il fumo aprendo il finestrino di un dito. «Non dovrei fumare, proprio io. Ma da quando Giorgio è... non mi interessa più sopravvivere. E non riesco a credere che sia stata una sua scelta deliberata. Non è possibile. Lui era... era tenace, sereno, sempre positivo. Non ci credo proprio. Anche se non ci frequentavamo più, in quel senso.» Aspirò un'altra boccata, scuotendo il capo. Quindi riprese: «Era al seno destro. Se ne accorse proprio lui. Assurdo, no? Non fui io, e nemmeno il ginecologo. Fu Giorgio. Sono stata operata, e hanno scoperto che c'era qualcosa anche all'intestino. Operata ancora. Ho rotto subito con Giorgio, non potevo sopportare di costringerlo fuori dall'ospedale, di impedirgli di venire a trovarmi. È giovane... era giovane. C'erano parecchi anni di differenza tra noi. Meritava una vita. Lei l'ha conosciuta, Viola? Io no, non l'ho mai voluta incontrare. Immagino di non essere abbastanza forte, per questo. Non sono andata nemmeno al funerale. Non sarei riuscita a mantenere un contegno».

Sara annuì, pensosa:

«Chi è di certo a conoscenza di voi due?».

Silvia spalancò gli occhi, scuotendo il capo:

«Ma sta scherzando? Nessuno, nessuno mai! Al di là di qualche pettegolezzo in dipartimento, che posso immaginare, le assicuro che nessuno ha mai sospettato di noi. Eravamo attenti a livello maniacale. Mio marito, lui... È un uomo terribile. Potentissimo e terribile. Ci avrebbe distrutti, e non potevo permetterlo».

«Eppure, come ci sono arrivata io, poteva arrivarci chiunque. Quindi anche suo marito, non le pare?»

«No, lei non lo conosce, non sarebbe riuscito a nascondermelo. Avrebbe reagito con rabbia, sarebbe impazzito, mi avrebbe cacciata di casa. Lo escludo.»

«Quindi lo ha lasciato andare. Però poi avete ripreso la relazione...»

Silvia gettò il mozzicone dal finestrino, e sorrise con tristezza:

«No. Quando mi raccontò di Viola, del figlio in arrivo, decidemmo insieme che non ci saremmo incontrati più. Mi sentivo svuotata, non volevo andare avanti. Perfino il mio medico, al quale sto molto a cuore, mi ha supplicato di spiegargli perché avevo smesso di combattere».

«E lei si è confidata?»

La Pratella si strinse nelle spalle:

«Sì, ma senza fare nomi, è chiaro. Gli ho detto che la vita deve avere un senso, per essere conservata. E che io questo senso non lo trovavo più. Perciò non volevo altre storie, non mi interessavano altre relazioni. Aspetto che provveda la malattia, tanto le cure non riusciranno a guarirmi».

Ecco, pensò Sara, ecco l'ultimo punto da unire. Ecco cos'è successo in realtà.

Silvia continuò a bassa voce:

«Era rimasta quest'abitudine, dalla quale non riuscivamo a separarci. La buonanotte e il buongiorno. Il primo e l'ultimo pensiero. L'inizio e la fine. Ricevevo la buonanotte nel bagno di casa, e il buongiorno nello studio del dottore dove vado per la terapia, prima del lavoro. Non ha idea di quanto mi manchi».

Sara sentì il sordo rumore dello tsunami in arrivo. Finalmente. Aprì lo sportello per uscire, ma si fermò:

«Un'ultima cosa, signora. Che sa dell'incidente di Giorgio?».

«Quello che conoscono tutti, a chi avrei potuto chiedere altre informazioni? La stampa ha parlato solo dell'incidente, un trafiletto in cronaca. Perché?»

Sara accennò un sorriso:

«Così. Solo per curiosità».

La donna le prese il braccio, trattenendola:

«Un attimo, la prego... Giorgio non si è ucciso per me, vero? Io non potrei reggere se...».

Sara la fissò; e nei suoi occhi c'erano una nuova durezza e un nuovo dolore. «No, signora. Non l'ha fatto di proposito. Glielo assicuro.» Scese dalla macchina e si avviò nella notte.

Ora che si trova a chiudere la storia, Sara è sicura che verrà avvolta da una nebbia. Ha sbagliato, perché il dolore per la perdita del figlio non era uno tsunami che l'avrebbe sbattuta chissà dove, sospingendola in una sconosciuta follia, bensì una bruma ignota, biancastra, melmosa e maleodorante dalla quale non sarebbe uscita mai più.

Non sarebbe dovuto servirle il secondo foglio nella busta, per comprendere. Gli elementi li aveva tutti, eppure non li aveva collegati. Era arrugginita, forse il coinvolgimento personale l'aveva confusa, togliendole lucidità.

Io salvo le vite, aveva detto. *Non ammazzo. Sono un oncologo. Dottor Terzani, Ludovico Terzani.*

Il povero medico terrorizzato, sconvolto e insignificante. E innamorato. Perdutamente innamorato della sua bella paziente, a sua volta innamorata per sempre di un ragazzo che aveva dovuto lasciare.

Gli occhi fissi sul cancello, Sara cerchia in rosso nella mente l'ultimo punto che, unito agli altri, mostra un'immagine molto più semplice di come sembrava all'inizio.

L'amore è un inferno, dottore. Quanto devi aver sofferto, vedendo quella donna, che non avresti mai avuto riservare l'unico sorriso della giornata al messaggio ricevuto ogni mattina nel tuo studio?

L'amore è un inferno.

Devi aver creduto che toglierlo di mezzo ti avrebbe aperto un mondo di possibilità. Che l'inconsolabile professoressa si sarebbe aggrappata a chi l'aiutava a combattere la malattia. Magari alla lunga avresti vinto. Magari l'avresti persuasa, con un po' di tempo a disposizione.

Peccato che il tempo non ce l'hai, dottore. Perché

sul secondo foglio contenuto nella busta di Teresa c'era l'informazione giusta: cioè il nome del medico che stava cercando di salvare Silvia Pratella.

L'amore è un inferno.

Spaccando il minuto, l'uomo esce dal cancello per recarsi in ospedale, al turno di notte. Sara apprezza molto la precisione altrui. È una comodità.

A passo svelto, Ludovico Terzani, oncologo e assassino, si avvia verso il garage dall'altra parte della strada che attraverserà in corrispondenza delle strisce, in un punto fuori dalla portata delle telecamere di sorveglianza.

Sara mette in moto.

Stavolta nessuno si fermerà a simulare un inutile soccorso. Anche stavolta nessuno sentirà una frenata, perché non ci sarà.

L'amore è un vero inferno.

Avviandosi silenziosa, Sara pensa a Viola e al suo bambino.

Chissà com'è essere nonna.

Chissà com'è.

Indice

SIAE DALLA PARTE DI CHI CREA
Aut. FF - 90 - 2018

Questo volume è stato stampato presso ELCOGRAF S.p.A.
nel mese di maggio 2018
Stabilimento – Cles (TN)
Stampato in Italia